E A Exposição Universal

A. Z. CORDENONSI

Copyright ©2014 A.Z. Cordenonsi
Todos os direitos desta edição reservados à AVEC Editora

Nenhuma parte desta publicação poderá ser reproduzida, seja por meios mecânicos, eletrônicos ou em cópia reprográfica, sem a autorização prévia da editora.

Editor: Artur Vecchi
Design de capa e diagramação: Marina Avila
Ilustração de capa e arte da Galeria: Diego Cunha
Revisão: Luiz Fernando Manassi Mendez

Dados Internacionais de Catalogação na Publicação (CIP)

C 794
Cordenonsi, A. Z.
Le Chevalier e a exposição universal / A. Z. Cordenonsi. – Porto Alegre :
AVEC, 2014.
ISBN 978-85-67901-07-7
1. Ficção brasileira   I. Título
CDD 869.93

Índice para catálogo sistemático:
1.Ficção : Literatura brasileira 869.93

Ficha catalográfica elaborada por Ana Lucia Merege – 467/CRB7

1ª edição, 2015
Impresso no Brasil/ Printed in Brazil

AVEC Editora
Caixa Postal 7501
CEP 90430-970 – Porto Alegre – RS
contato@aveceditora.com.br
www.aveceditora.com.br
Twitter: @avec_editora

AGRADECIMENTOS

O MEU ETERNO E ESPECIAL agradecimento recai, sempre, sobre os ombros da primeira e mais especial leitora, Giliane, que aguenta todos os percalços da minha produção. Se pudesse, arranjaria uma dúzia de drozdes para ela.

Ao Artur Vecchi, editor e companheiro, que incentivou, editou, reclamou, elogiou e brigou até que a obra estivesse concluída, construiria um drozde falcão.

A Gaston Leroux, escritor da versão mais conhecida do Fantasma da Ópera, cuja obra inspirou a criação do Le Chevalier, lhe presentearia um drozde coruja.

E, é claro, ao mais incrível grupo que já conheci: W.C.M., com Cesar Alcázar, Christopher Kastensmidt e Duda Falcão. Que uma matilha de lobos drozdes os acompanhem!

Torres, verão de 2014.

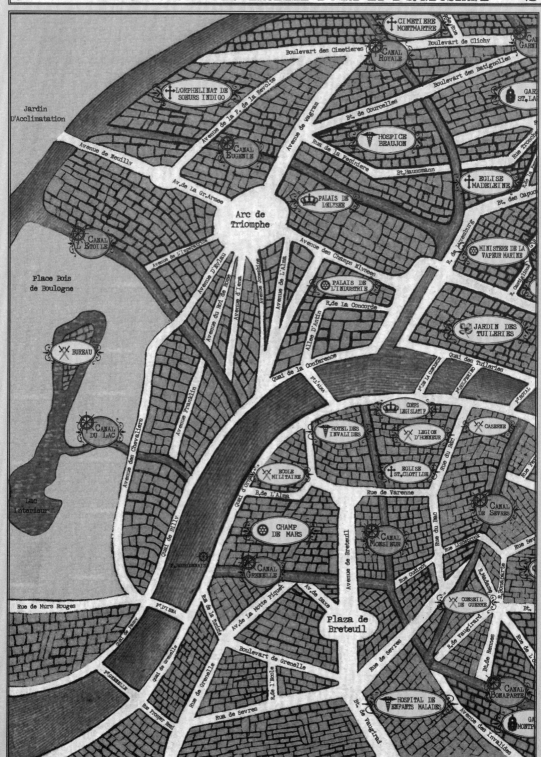

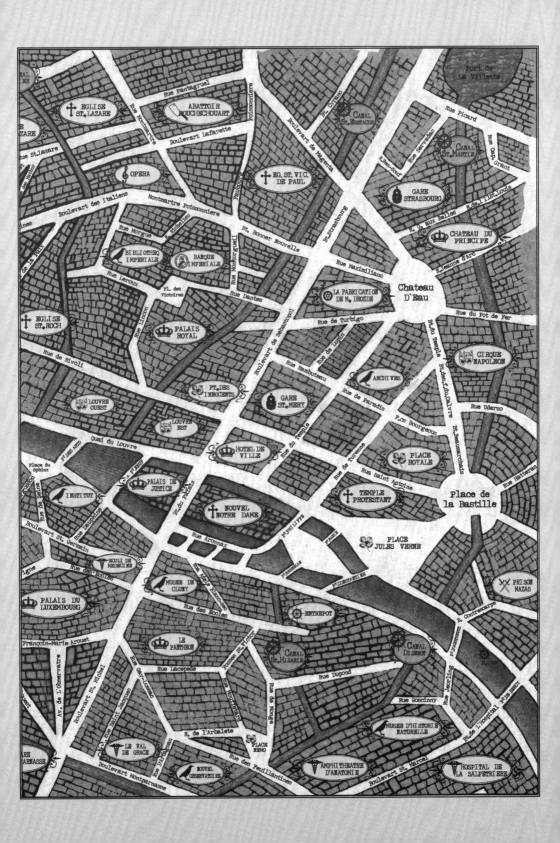

SUMÁRIO

Prólogo	11
Capítulo 01	17
Capítulo 02	23
Capítulo 03	35
Capítulo 04	43
Capítulo 05	51
Capítulo 06	61
Capítulo 07	73
Capítulo 08	81
Capítulo 09	87
Capítulo 10	101
Capítulo 11	109
Capítulo 12	115
Capítulo 13	129
Capítulo 14	139
Capítulo 15	147
Capítulo 16	153
Capítulo 17	163
Capítulo 18	173

PRÓLOGO

Paris, Parque da Exposição Universal, 1867

MILHARES DE LAMPIÕES à querosene espalhavam seu brilho como vaga-lumes na noite abafada do Campo de Marte. Trabalhadores executavam piruetas dependurados em andaimes, soldando as últimas escoras, e guindastes bufavam e chiavam para levar as pesadas esculturas até os andares superiores da magnífica construção que abrigaria o parque da Exposição Universal. Mesmo tarde da noite, os operários não poupavam esforços para realizar o sonho do Imperador Napoleão III.

Enquanto sangue e suor eram gastos em doses cavalares, drozdes pessoais acompanhavam seus amos, esgueirando-se por entre a floresta de aço e argamassa para amparar os humanos a quem foram conectados. Um observador mais atento notaria suas formas desengonçadas e seu comportamento errático. Afinal, entre a classe operária, autômatos complexos eram raros. Muitas vezes, o drozde não passava de um relógio mecânico sofisticado.

Construídos em latão ou zinco, ainda havia alguns de segunda mão, mas estes eram raros. Depois que o cristal de quartzo vibrava pela força das molas pela primeira vez, as minúsculas engrenagens reorientavam-se automaticamente, garantindo um comportamento individual e único para cada autômato. Para os poetas, esta era a centelha da vida mecânica: sua personalidade era definida e o drozde afeiçoava-se ao amo, permanecendo eternamente ligado a ele. A troca era possível, mas efeitos colaterais bizarros e um comportamento um tanto quanto errático desestimulavam as tentativas.

Entre a miríade de gatos, cachorros e pardais mecânicos (*Uma verdadeira febre por drozdes pardais baseados em Ardonita[1] ocorrera havia uns dez anos, levando a fábrica do Monsieur Jaquet-Droz a produzir milhares deles. À maneira das manias de todos os lugares do mundo, o entusiasmo arrefeceu; depois de um tempo, os porões da fábrica acabaram abarrotados com a mercadoria encalhada. Como uma última medida desesperada para recuperar parte do investimento, Monsieur Jacques vendera os pardais a preços populares; agora, os pássaros habitavam boa parte das classes menos abastadas de Paris*), o *professeur* [2] Verne e o *ingénieur*[3] Dupond andavam de um lado para o outro com as pranchetas de anotação em punho, conferindo tudo nos mínimos detalhes. Um elegante basset metálico e um gato persa de bigodes dourados trotavam entre os dois homens, compartilhando com seus amos a ansiosa expectativa que parecia irradiar no canteiro de obras. Afinal, em apenas seis dias a exposição seria aberta, e cinco anos de planejamento seriam postos à prova.

Afastado do burburinho incessante e dos quilômetros de dutos de pressão por onde escapavam silvos agudos de vapor, um homem baixo e atarracado caminhava pela noite eterna dos

---

1 - Ardonita! O famoso isótopo de Osmium descoberto pelo *Monsieur* Ardan. Um metal leve e instável, incapaz de existir em quantidades superiores a poucas gramas sem oxidar-se. Suas propriedades anti-gravitacionais têm sido utilizadas em drozdes pessoais e pequenos brinquedos.
2 - Mestre.
3 - Engenheiro.

corredores de apoio, que avançavam como um labirinto de portas e escadarias. O toc-toc da fina bengala de prata ressoava estranhamente agudo naquele espaço vazio, acompanhado apenas pelo roçar do longo e elegante capote negro que esvoaçava rente ao soalho de madeira encerado.

Em seu ombro, junto à cartola negra, um drozde em forma de marmota ressonava, tranquilamente, enquanto suas patas traseiras escorregavam pela insígnia da coroa, que laureava a bandeira negra, branca e vermelha. O homem afagou a marmota com seus dedos grossos, piscando rápido. Os olhos rechonchudos, recobertos por um pincenê de aro dourado, eram vigilantes e atentos. O queixo fraco sustentava lábios finos, que carregavam uma piteira de âmbar, onde um cigarro deixava escapar a fumaça enrodilhada pela brasa acessa.

O andar do homem era curiosamente firme e descompromissado, como se estivesse passeando em Montmartre, ou se dirigindo ao *Café Anglais*, em vez de perambular pelos escritórios dos representantes estrangeiros da Exposição Universal, um lugar que deveria permanecer fechado e vazio durante a noite.

Uma luz cinzenta e pálida escapava da sua mão. O mecanismo, provavelmente um filamento de Woulfe-Lehmann alimentado por uma célula galvânica, distribuía sombras aranhosas pelos corredores opacos e o chão de tábuas, alongando a silhueta do homem atarracado e seu drozde até o início do corredor, onde um segundo homem o espreitava.

Outro andarilho nos corredores internos da exposição era algo tão improvável quanto a ausência do Imperador Napoleão III no badalado baile de abertura, dali a cinco noites, no Palácio das Tulherias. A sua presença só poderia ser explicada pelo seu comportamento, um tanto quanto suspeito, em vigiar o homem atarracado com os olhos semicerrados, como se buscasse enxergar por trás da máscara fleumática e dos seus passos confiantes.

As suas roupas estavam amarrotadas e empoeiradas, mas

eram de boa qualidade. O chapéu-coco, da marca *Bingley & Sons*, era conhecido pela sua durabilidade, sendo possível encontrá-lo nas cabeças da maioria dos cidadãos parisienses naqueles dias. De abas um pouco mais largas do que o normal, o acessório ajudava a esconder os estranhos e grossos goggles, que ocultavam os olhos do sujeito. Graças a um intrincado jogo de lentes, o artefato capturava o máximo de luz possível do ambiente, o que lhe permitia rastrear sua presa a uma distância segura. E caso isso não bastasse, ele ainda podia contar com a ajuda segura do seu drozde coruja, que observava atentamente o corredor, empoleirado em seu ombro direito.

Alheio à movimentação sigilosa que ocorria atrás de si, o homem atarracado repousou a elegante bengala e vasculhou com os olhos as portas que se seguiam, até que um quê de reconhecimento transpareceu em seu rosto. Levantando o bastão até a altura do queixo, ele bateu por duas vezes em uma porta e girou a maçaneta, desaparecendo em seu interior.

O seu perseguidor não perdeu tempo; assim que aquele desapareceu, ele avançou pelo corredor com os passos rápidos, sabendo que os sapatos com as micromolas senoides abafariam sua aproximação. Com a memória fotográfica treinada em inúmeras missões, ele se aproximou da porta recém-aberta do escritório com a confiança de quem não se enganaria em um detalhe tão prosaico.

Ao reconhecer o brasão pontilhado em um cartão preso na porta, o homem deu um passo para trás.

Foi o seu grande erro.

Uma mão em forma de garra apertou o seu pescoço, tão silenciosa, que seu atento drozde não percebeu, até ser tarde demais. Piando baixo, o artefato em forma de coruja voou enquanto o seu amo lutava pela própria vida.

O homem tentou se livrar do abraço sufocante, mas o atacante era esguio e contorcia-se ao seu redor, impedindo que os seus braços musculosos encontrassem algum ponto de apoio. Ele tentou se virar, mas a dor no pescoço era excruciante: dedos longos e fortes, como torqueses, penetravam lentamente na carne mole, alcançando a traqueia e comprimindo a sua garganta até ele querer urrar, sem conseguir emitir um único som.

A coruja piou mais uma vez e homem arfou, lutando com as suas últimas forças. Num gesto desesperado, ele abandonou as mãos do seu atacante e buscou no bolso do capote a pistola Laumann, mas era tarde demais. Ele foi desarmado antes mesmo de poder engatilhar a arma.

Um gemido engolido escapou quando seus sentidos esvaeceram e suas mãos descansaram ao redor do corpo.

Bastaram apenas alguns momentos para que o atacante terminasse o seu trabalho macabro, apertando os dedos até sentir a garganta estalar entre suas falanges. O corpo escorregou para o chão, ao lado da silhueta de um homem esguio e disforme, que trajava vestes justas. Os olhos eram tão fundos quanto poços, e o seu dorso parecia estranhamente retraído, como se alguém tivesse escavado parte dos seus músculos abdominais.

Um sorriso malvado surgiu entre seus lábios finos e, com um salto atlético, ele alcançou o pequeno drozde coruja, que piava desesperado, sem entender o que estava acontecendo. Ele acariciou lentamente o pequeno artefato de cobre, como se o acalantasse da perda do amo.

Então, uma raiva corrosiva relampejou em seus olhos, e trouxe um brilho obscuro à suas faces escorridas. Com os dentes trincados, ele destruiu o drozde, socando-o repetidamente no chão, até vê-lo desmantelado entre seus dedos. A sua respiração se tornou audível por longos momentos e somente o silêncio escuro reverberou pelos corredores vazios.

Pouco depois, o sinistro som do arrastar de um corpo foi observado apenas pelas paredes e portas, testemunhas mudas de um assassinato feroz.

01

Sede do *Bureau Central de Renseignments et D'Action*[4]

— Ele foi assassinado!

O homem estava estupefato. Mesmo após servir como *gendarme*[5] por quinze anos, e responder como Comissário Especial na última década, o corpulento e irrequieto Cloud Simonet parecia incapaz de esconder a própria frustação. Trajando ainda o pesado capote cinza, apesar do calor que fazia nas dependências do escritório do Major Valois, ele cofiava os finos bigodes com uma expressão de absoluto descontentamento. Seus olhos negros pareciam tão vívidos quanto duas contas de vidro e seus lábios grossos tremiam como se ele tivesse sido obrigado e engolir algo desagradável. No chão, ao seu lado, o drozde em forma de toupeira fungava entre as pernas da cadeira.

4 - Bureau Central de Inteligência e Operações.
5 - Gendarmaria: força militar encarregada das funções de polícia junto à população civil. Seu nome vem da contração da expressão "gens d'armes", literalmente, homens de armas.

Valois o examinou detrás da sua elegante e vasta escrivaninha. Veterano de duas guerras, o velho soldado já vira mais mortes em períodos de paz do que nas lutas encarniçadas nas frentes de batalha e tinha pouca paciência para arroubos desse tipo. Suspirando fundo, ele olhou por entre as janelas de polideído, o material alquímico contrastando com a natureza selvagem do Lago Inferior, onde o Bureau estava assentado em sua ilha artificial. As flores dos cedros estavam desabrochando na primavera e o parque *Bois de Boulogne* tingia-se de roxos e lilases. Um odor almiscarado espalhava-se por entre os escritórios, graças às propriedades sudocapilares do polideído.

Um assobio fino se seguiu a um chacoalhar diletante, trazendo abruptamente o Major Valois à realidade. A *locomotive*[6] pneumática, o orgulho máximo do Imperador Napoleão III, alcançara a estação na Suchet Boulevard, descarregando os seus inúmeros passageiros que se dirigiam ao centro comercial Montmorency ou que aproveitariam o dia ensolarado no parque. Por um momento, o som sibilado do escapamento do ar comprimido lhe lembrou o assovio letal dos morteiros chineses, e Valois apertou os dedos contra a palma da mão, em um gesto instintivo. Instalado havia cinco anos pelo *professeur* Verne, o sistema de transporte público ainda causava arrepios no Major.

Deixando de lado os papéis que havia recebido para examinar, o comandante da seção de Espionagem e Contraespionagem do *Bureau* esticou as costas arqueadas e se recostou na cadeira de espaldar alto, antes de perguntar:

— Quando?

— Ontem à noite, enquanto vigiava o Conde Dempewolf. O seu corpo foi encontrado boiando no Rio Sena, junto ao Port de la Bourdonnais. Fizemos algumas investigações, mas é impossível descobrir qualquer coisa desde que o Imperador começou a construir aquela *monstrueux*[7]! – reclamou, chateado.

6 - Locomotiva.
7- Monstruosidade.

Valois franziu o cenho enquanto abria um mapa de Paris em sua mesa. O Port de la Bourdonnais se tornara o mais movimentado da França nos últimos meses. Próximo ao Campo de Marte, o porto servia como ponto de entrada para os trabalhadores e materiais utilizados na construção dos pavilhões da Exposição Universal.

No entanto, o Rio Sena também era o principal afluente da vasta rede de canais que banhava a cidade. Desde o Grande Terremoto de 1829, quando as catacumbas ruíram e tragaram ruas e casas para as águas barrentas do Sena e do Rio Biévre, os canais haviam se tornado o principal reduto da vida proscrita de Paris. Corpos desapareciam no fundo do rio e caixas de conteúdo suspeito eram vistas navegando por entre portos clandestinos e porões inundados. Com as correntezas e os dejetos que alimentavam as águas fétidas, era impossível saber onde fora desovado os restos mortais de qualquer um que encontrara o seu fim nos canais parisienses.

Valois chacoalhou os seus galões e o seu drozde gavião voou do ombro até o alto de uma prateleira, empoleirando-se entre vasos finos e o busto de Napoleão Bonaparte.

— O que o Conde está tramando?

Simonet baixou os olhos, sem encontrar uma resposta imediata. Ele se acomodou novamente na cadeira dura, incomodado pela opulência opressiva do escritório do Major, esparramada em quadros faustosos, lustres brilhantes, cascatas de daguerreótipos e estantes forradas de livros de capa dura. Depois de repuxar o colarinho, ele comentou:

— Não sabemos ainda, Major. O Bureau está seguindo o Conde desde o incidente em Nantes.

Valois acenou, passando os olhos pelo relatório que havia recebido mais cedo. Havia cerca de seis meses, um incêndio matara um mecânico em Nantes. Uma denúncia anônima implicara o Conde Dempewolf, mas nada fora provado. Mesmo assim, ele fora posto em vigilância, devido à sua ligação com Bismarck e a recém-fundada Confederação da Alemanha do Norte.

— O Conde tem passado os últimos meses em Paris, mas o motivo de suas ações nos escapa totalmente – continuou Simonet. – Tudo o que sabemos é que a Confederação não vai participar da exposição.

— É claro que não – resmungou Valois com desdém. – Ele está aqui por um motivo diverso.

Com essas palavras, Valois se levantou, o que obrigou o Comissário a saltar da cadeira. Com o cenho franzido, o comandante da seção se virou para o extenso e detalhado mapa da Europa central que ocupava boa parte da parede às suas costas. O gavião mecânico se aproximou, girando o pescoço para o mapa, como se estivesse interessado.

— Esta é uma época perigosa, Comissário. Muito perigosa. A guerra entre a Áustria e a Prússia trouxe resultados inesperados.

— A derrota dos miseráveis austríacos – comentou Simonet.

— Nossos aliados – corrigiu Valois, irritado. – Assim como os estados germânicos independentes: Baden, Württemberg, Hesse-Darmstadt e a inigualável Bavaria! – completou, apontando o dedo sucessivamente para quatro regiões coloridas no mapa, a leste da França.

Ele sacudiu a cabeça e se virou para o Comissário:

— Bismarck reuniu os estados germânicos nortistas na sua maldita Confederação tutoreada pelos prussianos. Duvido que ele simplesmente vá esquecer-se dos protetorados do sul.

— É pouco provável – admitiu Simonet.

Valois passou os dedos ossudos nas longas suíças antes de falar:

— Um novo império em nosso quintal é o pior cenário possível e um absoluto pesadelo diplomático. As nossas relações já andam estremecidas com a Grã-Bretanha, e os russos estão mais preocupados com os levantes internos do que qualquer outra coisa – falou em tom de reclamação.

O Comissário apenas assentiu em silêncio.

— Na verdade, a morte do agente Pinard apenas confirma

as nossas suspeitas – sentenciou Valois, misterioso. Ele assoviou brevemente para o gavião, que voou para a mesa.

O Major abriu uma portinhola no peito do pássaro mecânico com delicadeza, retirando um cilindro dourado do tamanho de um dedal. O drozde foi até a ponta da mesa e piou com desprezo para a toupeira dourada, que chacoalhou as engrenagens como se estivesse tremendo.

Valois retirou um papel enrodilhado de dentro do cilindro. Com a ponta dos dedos, ele releu a mensagem pela centésima vez antes de discutir o assunto com o Comissário:

— Ontem à noite recebemos este informe de nosso agente em Berlim. Ele entreouviu uma conversa; aparentemente, uma grande operação será colocada em prática nos próximos dias.

Uma máscara de preocupação cobriu os vastos bigodes de Simonet.

— O imperador corre perigo?

Valois apoiou os cotovelos na mesa, pensativo.

— Tudo é possível, Comissário. Nós tomamos algumas providências, é claro. A segurança foi reforçada, e nossos agentes estão conferindo qualquer um que se aproxime de Napoleão III. Mas, com a proximidade da Exposição Universal, temo que esses esforços sejam em vão.

O Comissário concordou com veemência. O Imperador era esperado tanto na Exposição quanto nos bailes e recepções que antecederiam o evento, que aspirava marcar a supremacia francesa na Europa continental. Delegações de quase uma centena de países eram esperadas e milhares de visitantes se deslocavam para Paris naqueles dias. Era um trabalho gigantesco de organização e um absoluto pesadelo para as autoridades policiais e militares.

— Nestes tempos, a discrição é tão fundamental quanto as nossas brigadas. Afinal, não podemos confrontar o embaixador prussiano com uma informação sigilosa, obtida por um agente infiltrado. Mas precisamos descobrir o que o Conde está tramando, Comissário – completou, encarando o policial.

— Nossos homens estão...

— Eu quero Le Chevalier no caso – interrompeu Valois.

Simonet piscou os olhos, confuso. Por um momento, ele pensou em limpar os ouvidos – *Teria ouvido mal?* –, até que a sua mente processou o que o Major dissera.

— Senhor! O agente Le Chevalier foi afastado por...

— Eu sei por que o agente foi afastado, Comissário – disse Valois com frieza. – Fui eu quem assinou a ordem.

O Comissário ainda balbuciou:

— Mas, então... Eu não entendo... Ele...

— Não me importa o que aconteceu na América – retrucou Valois, irritado. – A esta altura, os relatórios daquele desgraçado do Supervisor Desjardins me são tão úteis quanto um corpo boiando nos canais. Há uma espada sobre nossas cabeças, e eu não vou prescindir da ajuda de nosso melhor agente.

Simonet esfregou as mãos, ainda em dúvida. O gavião drozde pulou na mesa e olhou furioso para o Comissário.

— Eu fui suficientemente claro? – perguntou Valois com o seu tom de voz mais perigoso.

Simonet saltou da cadeira e bateu uma continência apressada.

— Sim, senhor!

— Quando você terá os relatórios?

— Até esta noite.

— Chame-o amanhã e entregue isso para ele – resmungou Valois, enrolando a mensagem novamente no pequeno cilindro.

O Comissário assentiu e guardou o artefato no bolso do casaco. Sabendo que havia sido dispensado, ele se dirigiu à porta. Antes de sair, porém, não resistiu e comentou:

— Espero que saiba o que está fazendo, Major.

Valois suspirou profundamente antes de responder:

— Eu também, Comissário. Eu também...

02

O CILINDRO DESLIZOU VELOZMENTE PELOS quilômetros de tubos pneumáticos. Previamente programada, a minúscula roda dentada modificou automaticamente as agulhas de desvio, subindo e descendo por entre as galerias parisienses, até desaparecer das linhas oficiais e penetrar nos túneis clandestinos, que o levaram a um aconchegante apartamento construído nos subterrâneos da Gare Saint-Lazare. O estampido seco, característico do ar comprimido sendo expelido, invadiu o escritório, mas o homem sentado na bancada ignorou o som enquanto se concentrava no livro em suas mãos.

Longos minutos depois, ele terminou um dos capítulos da "Comédia Humana" e pousou o volume ao lado da poltrona.

Um corvo metálico, que com um ar blasé acompanhara toda a movimentação do alto do armário de livros, apenas crocitou com desprezo.

Com um sorriso de satisfação no rosto, o homem foi até a escrivaninha, onde um teletipo automatizado cuspia as últimas notícias por cima de um mapa da França parcialmente recoberto por livros, anotações e uma caneta-tinteiro vazada. Ele ignorou o teletipo e pegou o cilindro de cristal, que chegara havia pouco. Gravado na sua tampa translúcida, estava escrito:

Le Chevalier

Ele leu a mensagem contida ali com o cenho franzido; depois de deixar o cilindro na escrivaninha, repuxou a manga por cima de um estranho mecanismo que estava preso em seu pulso e saiu do escritório. Na sala, um homem baixo e atarracado ressonava pesadamente, a face recoberta por um gorro de astracã.

— Levante-se, Persa! Temos uma missão.

— Hein? Onde? Como?

— Vamos – chamou novamente Le Chevalier, vestindo uma casaca azul-escuro, uma cartola alta e pescando sua bengala.

Ele encarou a face angulosa no longo espelho longitudinal e alisou o bigode fino, procurando rapidamente por rugas ou linhas de expressão com seus olhos negros. Dando-se por satisfeito, ele se virou para o colega:

— Mexa-se. O seu país precisa de você.

— Eu não sou francês – resmungou Persa, levantando-se devagar. – Sou tunisiano!

— Você é um legionário que trabalha para o *Bureau* – rebateu Le Chevalier, abrindo a pesada porta dupla que mantinha o apartamento protegido da cacofonia barulhenta dos trens e monotrilhos que partiam da estação.

A contragosto, Persa acompanhou o amigo para fora, penetrando na escuridão dos subterrâneos da Gare Saint-Lazare. Eles se afastaram rapidamente do apartamento, seguindo pelo labirinto de túneis de manutenção, armazéns e casas de máquinas.

Desde que fora inaugurada, a Gare se tornara uma das estações mais movimentadas do continente, ligando Paris às principais capitais europeias. Duas décadas depois, graças aos engenhos do *professeur* Verne, monotrilhos de ar comprimido uniram a estação ao sistema de transporte público da cidade. Para quem estava disposto a pagar pela novidade, a *locomotive* substituíra os imensos e suarentos Escaravelhos que navegavam pelos canais. Estes, no entanto, continuaram em operação, transportando a população de baixa renda, que não tinha outra solução, além de aguentar o fedor dos canais por onde corria boa parte do esgoto da cidade.

Enquanto subiam pela intricada rede de escadas e plataformas suspensas, Le Chevalier comentou:

— O seu drozde anda rangendo da pata esquerda novamente.

Persa bocejou antes de virar o rosto para o mico de cobre, que coçava as próprias costas empoleirado no ombro do amo enquanto abria a boca num gesto de sono. Um som raspado acompanhava o movimento.

— É, suponho que sim – resmungou, amuado por não ter percebido antes.

— Você deu corda nele?

— Com certeza – confirmou Persa.

— Bom, eu posso dar uma olhada, se você quiser.

Como a maioria dos parisienses daquele tempo, Persa teve um leve estremecimento ao escutar o oferecimento do amigo. Saber que alguém mexeria no seu drozde parecia quase uma invasão. Ele resolveu trocar de assunto:

— O que querem de nós?

Le Chevalier percebeu a manobra, mas resolveu não insistir. O drozde não era dele, afinal.

— Mesmo após o fracasso com Maximilliam, o Imperador ainda precisa de nossos préstimos.

— Não me lembre daquilo! – pediu Persa arfando enquanto subia. O seu mico guinchou. – Nunca mais tomarei tequila depois daquela noite em Querétaro. Maldita bebida infernal! Não tenho saudades daquelas gentes!

— Um imperador europeu no México era uma ideia estúpida, de todo modo – comentou Le Chevalier.

O corvo crocitou em concordância.

Eles alcançaram o fim da escada e saíram por uma das portas de manutenção, seguindo por um corredor parcamente iluminado por luzes alimentadas a gás. O mico drozde aproveitou para saltar do ombro do amo e se esgueirar por entre as pernas dos dois homens, enquanto o corvo o mirava do alto da cartola de Le Chevalier, que perguntou:

— Você carregou o Fleché?

— Sim. Ele está no canal – resmungou Persa coçando-se. – Para onde vamos?

— Para o *Bureau*.

Os dois saíram do corredor e subiram mais dois lances de escada, até alcançar uma porta verde e, então, a Gare.

Como sempre, o lugar estava apinhado de gente. Havia cavaleiros elegantes, com seus drozdes dourados que lançavam olhares blasé, enquanto lacaios abriam passagem com um tilintar agudo de um sinal de debate. Damas com vestidos bordejantes e drozdes delicados mantinham o rosto coberto por um fino véu embebido em perfume, afastando os cheiros da população que se acotovelava, de um lado para o outro, para não perder o próximo trem. Carregadores carrancudos, com cães e gatos de latão que se estranhavam sempre que cruzavam entre si, levavam pesadas encomendas de um lado para o outro, mascando fumo e aproveitando a distração dos supervisores para tomar um gole de vinho de beterraba. Soldados em azul e vermelho e testas franzidas patrulhavam o perímetro, mantendo os drozdes de proteção com as presas à mostra. E o burburinho ampliava-se junto às barracas, a maioria ilegal – os *gendarmes* faziam vista grossa para os comerciantes em troca de notícias do submundo –, onde se podia comprar e vender quase de tudo, desde peças sobressalentes para drozdes, até elixires suspeitos vindos de todas as partes do mundo.

O mico de Persa pulava de excitação, saltitando no meio da multidão e voltando até o dono; enquanto isso, o corvo drozde alçou voo até uma das grandes portas, esperando pacientemente que o seu amo ultrapassasse o mar de pessoas, desvencilhando-se, como podia, das ofertas nada tentadoras do mercado que florescia junto à Gare Saint-Lazaré até alcançar a rua de mesmo nome. Dali, seguiram pela tarde de um céu azul-turquesa até a antiga Rua de Mogador, onde se abria, agora, o Canal Garnier.

À medida que se aproximavam do canal, a atmosfera modificou-se sensivelmente. Pessoas de bem evitavam se aproximar dos canais abertos pelo desmoronamento das catacumbas. Algumas diziam que o local trazia má sorte, que entes malignos se ocupavam de tragar os desavisados para as águas negras do canal. Outras juravam que era possível, mesmo após tanto tempo, encontrar ossadas inteiras boiando entre os rios caudalosos e que os espíritos dos que haviam sido enterrados nas catacumbas se reuniam para se vingar de quem profanava o local de seu último descanso.

Na verdade, o maior problema dos canais estava entre os vivos. Por muito tempo, as autoridades não sabiam e nem tinham tempo para lidar com a questão dos rios que haviam sido formados depois do Grande Terremoto de 1829. Com milhares de pessoas desabrigadas, centenas de mortos e dezenas de construções arruinadas, o governo se preocupou em acalmar e socorrer a população. Enquanto isso, meliantes de todas as estirpes aproveitaram o vácuo deixado pela falta das forças policiais para criar um vasto sistema de comunicação que unia portos clandestinos, túneis submersos e porões lotados de mercadorias contrabandeadas.

Irritado com a explosão de violência que assaltara as imediações dos novos canais, o governo de Napoleão III contra-atacara. A navegação nos rios foi disciplinada, portos foram construídos e os Escaravelhos – as imensas e barulhentas embarcações de passageiros movidas a vapor –, foram introduzidos como uma forma de marcar a presença do Estado na região. Os fidalgos foram incentivados a trocar os cabriolés e seus cavalos reluzentes por modernas lanchas movidas por motores desenvolvidos pelo *professeur* Calculus.

Apesar de bem-intencionado, o plano foi um estrondoso fracasso.

Os dejetos de milhares de parisienses eram despejados diariamente nos rios; com dezenas de tubulações de esgoto destruídas, era impossível reconstruir tudo a tempo e o cheiro tornou-se, logo, insuportável.

Pouco a pouco, a população se afastou dos canais, que lentamente voltaram ao controle do submundo.

Le Chevalier e Persa alcançaram a marina d'Orves e desceram pelas escadas de pedra com a desenvoltura de quem não se importava com os olhares indiciosos que recebiam de alguns marinheiros que fumavam pelos cantos. A estrutura de madeira rangeu e lascas de madeira apodrecida dobraram-se aos seus pés. Alguns metros depois, eles chegaram até o atracadouro XIX, onde um gancho de metal enferrujado marcava o local de amarração de uma elegante e esguia lancha esmeralda.

Construído pelo próprio Le Chevalier, o barco de vinte e um pés possuía dois motores a vapor Oliver-Watt. Apesar de um tanto temperamentais, o seu torque rápido permitira que o Fleché mantivesse o recorde de velocidade na Volta de Paris por quatro anos seguidos.

Le Chevalier passou a mão delicadamente pela estrutura de madeira e se acomodou junto à cana de leme enquanto Persa desamarrava a lancha. Eles alimentaram a caldeira monobloco e esperaram até que a pressão alcançasse a temperatura adequada. Depois de se afastarem com os remos, Le Chevalier deu partida em um dos motores e o Fleché partiu em alta velocidade, desviando-se dos grandes e emporcalhados Escaravelhos, que avançavam como tubarões por entre as águas barrentas, levando, em seu dorso, os trabalhadores das usinas de coque. Aqui e ali, barcos esguios, conhecidos como *le Couteau*[8], passavam rápidos, conduzidos por homens rudes e de aspecto feroz – no meio do rio, mercadorias eram trocadas em questão de segundos, e o contrabando e outros negócios sórdidos eram discutidos aos sussurros.

A lancha passou pela Ópera de Paris e atravessou o Louvre, até alcançar as águas escuras do Rio Sena. Le Chevalier acionou o segundo motor e o Fleché saltou rio acima, deslizando em grandes rajadas, superando as pesadas barcaças que avançavam lentamente. Depois de ultrapassarem a renovada Pont de l'Alma, eles alcançaram o Canal do Lago e, dali, seguiram pela antiga Rua de Passy até o Lago Inferior, onde fora instalada a sede do *Bureau* em uma ilha artificial projetada pelo *ingénieur* Dupond.

Le Chevalier desligou os motores ao se aproximar do ancoradouro. O vigia os saudou por um momento; após um grito abafado, engrenagens monstruosas giraram, resfolegantes, enquanto as pesadas grades de ferro desapareciam dentro do lago, abrindo passagem. Impulsionado somente pela força dos remos, o Fleché avançou lentamente para dentro das docas subterrâneas.

O local estava apinhado de gente. Ao fundo, trabalhadores utilizavam o estaleiro particular do *Bureau* para reformar um velho *centaure*[9] em suas docas secas: a embarcação seria utilizada para a vigilância na entrada do Sena. Enquanto isso, marinheiros em seus trajes listrados lustravam e esfregavam dois *bateau mouches*[10] e o iate real, que o próprio Imperador utilizaria para alcançar a Exposição durante o final de semana. Ao longo das docas, lanchas de vários tipos e tamanhos aguardavam ser requisitadas para as missões oficiais do *Bureau*.

Depois de entregar o Fleché para um dos marinheiros que cuidavam das docas, eles subiram por uma escadaria suja de algas

8 - A Faca.

9 - O *centaure* é uma classe de navios de guerra com 74 canhões, 55 metros e deslocamento de mais de 1500 toneladas.

10 - Barco-mosca, uma embarcação desenhada com o convés aberto e que permite a livre visualização dos passageiros.

até alcançar o átrio do *Bureau*. Eles foram atendidos pelo sargento de plantão, que os conduziu até a pequena, mas confortável, sala do Comissário.

Simonet não os insultou, fingindo estar satisfeito em tê-los ali:

— Um agente do *Bureau* foi assassinado – disse, à guisa de saudação, enquanto a sua toupeira refugiava-se embaixo da escrivaninha.

Le Chevalier tomou um dos assentos mesmo sem ser convidado, e esperou.

O Comissário ferveu por dentro; repuxando o colarinho, ele entregou a pasta vermelha que continha todas as informações que a agência coletara sobre o Conde e a inquietante mensagem recebida de Berlim.

O espião francês passou os olhos pelas informações, compenetrado.

— O agente Pinard – disse, remexendo nos papéis, aparentemente sem encontrar o que procurava. – Ele estava seguindo o Conde Dempewolf. Como ele foi morto?

— Seu pescoço foi torcido em um ângulo impossível. O relatório do legista só fica pronto amanhã.

Le Chevalier ergueu uma sobrancelha.

— Ah! E o seu drozde foi destruído – comentou ainda, lembrando-se de repente.

O corvo mecânico bateu asas, nervoso, enquanto o mico de cobre de Persa se refugiou na aba das largas calças do amo.

Le Chevalier trocou um olhar astuto com o companheiro, o que não passou despercebido pelo Comissário.

— Vocês conhecem o assassino? Sabem o nome dele?

— Pelos bigodes negros de Lafitte[11], não! – vociferou Persa. – Se esse facínora foi batizado um dia, desconheço e amaldiçoo o dia negro da sua consagração!

---

11 - Jean Lafitte foi um pirata e corsário francês que aterrorizou o Golfo do México no início do século XIX.

— Nós o conhecemos, apenas, como "O Acrobata" – informou Le Chevalier, contrapondo. – Ele é um assassino de aluguel. Tem costume de destruir os drozdes de suas vítimas.

— Céus! – inquietou-se Simonet. – Por quê?

— Não faço a menor ideia – admitiu ele. – Mas aquele sacripanta nunca recusou ouro algum, e duvido que faça pouco caso da prata germânica.

— E o Conde chucrute não contrataria um assassino profissional se não tivesse algo a esconder! – resmungou Persa, puxando um dos seus charutos e acendendo com violência, enquanto afagava o seu mico com os dedos grossos. Depois de baforar, a sua atenção foi atraída para uma mesa auxiliar.

— Pelas orelhas de Netuno! O que é essa bestialidade? – perguntou, apontando para as plantas que representavam uma estrutura de ferro que subia aos céus como uma árvore de natal de aço. Pelos planos detalhados que havia ali, a estrutura seria enorme e dominaria a cidade.

— Quem pretende construir esse chifre de metal no meio da cidade?

— É apenas uma proposta, senhor, nada além disso – disse Simonet, justificando-se. Suas faces adquiriram um tom avermelhado; ele parecia um menino que havia sido pego comendo a sobremesa antes da hora. – É meu passatempo, por assim dizer. Sabem, a modernização da cidade....

— Modernização? – repetiu Persa, com um dedo em riste no peito do Comissário. – Quer transformar Paris em motivo de piada? Quem viria à Cidade das Luzes para ver uma torre de metal? O senhor é um idiota ou apenas descerebrado?

— O que é isso? – perguntou Le Chevalier, examinando os planos de Simonet.

— É o Pacificador. Um engenho japonês que foi instalado embaixo do Pavilhão Dourado por causa dos terremotos. Uma garra estabilizadora, por assim dizer. Achei que seria interessante instalar tal construto na torre que projetei.

— Entendo. Estava com medo dos ventos alpinos?

— Sim, eles...

— Os ventos?! – interrompeu Persa, vociferando uma vez mais. – O diabo com os ventos! Essa monstruosidade seria ruída pela população em fúria se fosse construída! Nem os ventos de Odisseu teriam vez!

— Podemos voltar ao tema de nossa conversa, por favor? – pediu Simonet, guardando violentamente os papéis com ares de ofendido.

Le Chevalier sorriu antes de responder:

— Perfeitamente. Se não me engano, estávamos falando sobre o assassinato do nosso agente, correto? Bom, isso nos traz de volta à mensagem enviada pelo espião em Berlim.

— Sim. Nosso homem acredita que algo grande possa ocorrer em Paris nos próximos dias.

— Entendo – comentou, pensativo. – Na verdade, se Bismarck quer assassinar Napoleão III, não encontrará um momento mais oportuno.

— Temo que não – concordou Simonet a contragosto.

Le Chevalier ainda examinou os papeis por alguns momentos, enquanto a fumaça baforenta do charuto de Persa invadia, pouco a pouco, o escritório do Comissário.

— Muito bem! – disse, pondo-se em pé. – Estamos de volta à ativa, eu presumo?

Com um gesto automático, Simonet entregou dois papéis enrolados para o espião, que apenas os escondeu dentro da casaca azul.

— *Bonjour, Monsieur le Commissaire*[12]! – saudou ele, girando nos próprios calcanhares, e caminhando a passos largos para a porta.

— Vamos, Persa. Precisamos conversar com o Imperador.

---

12 - Bom dia, meu senhor Comissário!

— Ótimo! – exclamou ele, tirando uma nova baforada do charuto.

— Achei que você não gostasse de Napoleão III – comentou Le Chevalier, intrigado, enquanto abria passagem para o amigo.

— E não gosto! – confirmou Persa. – Mas ele tem excelentes cigarros!

03

Havia no ar parisiense um inconfundível clima de excitação pela abertura da Exposição Universal. Dentro de quatro dias, as portas dos pavilhões seriam abertas e as maravilhas de incontáveis lugares seriam expostas no Campo de Marte. E onde quer que fosse, somente um assunto dominava as conversas: quem venceria a exposição?

Não havia uma competição oficial, era claro. Mas, desde que o Palácio de Cristal abriu suas portas para a primeira feira universal na Inglaterra, dezesseis anos atrás, as nações de toda a parte se esforçavam em apresentar seus avanços tecnológicos, seus artefatos únicos, sua cultura e, por que não, suas pequenas idiossincrasias, o que tornaria a visita ao país uma experiência agradável e pitoresca. Mais do qualquer coisa, a exposição universal era uma guerra de vaidades, em que a exibição de manufaturados representava o campo de batalha.

Toda a Paris estava recebendo uma espécie de faxina completa. Bustos e estátuas eram lavados, retirando anos de poeira e pó de carvão incrustrado. Fachadas de prédios públicos exibiam bandeirolas tricolores, e o brasão da águia dourada, símbolo de Napoleão III, aparecia nas janelas dos fidalgos e nas lojas de material de qualidade para clientes finos. As *locomotives* pneumáticas haviam recebido uma pintura nova e os lampiões foram escovados, eliminando milhares de insetos mortos que se acumulavam nos anteparos de polideído.

Nos canais, trabalhadores contratados pela Corte esforçavam-se para retirar o limo e a craca que as águas sujas acumulavam nas barragens de pedra que haviam sido construídas ao longo do curso. Os operários encarapitavam-se em minúsculos barcos a remo, presos junto à calha, e seus escovões acompanhavam a ondulação provocada pela passagem das embarcações maiores. Logo atrás, uma segunda equipe de trabalhadores pendurava flores falsas em vermelho, azul e branco, formando enfeites elegantes nos muros malcheirosos.

O efeito era passageiro. Logo, as ondas provocadas pela passagem dos Escaravelhos cobriam as flores de tecido com os tons monótonos da sujeira dos canais.

— Eis um desperdício do erário público – comentou Persa, observando os trabalhadores enquanto tragava o seu charuto.

O Cavaleiro nada respondeu. Esticando o pescoço, ele diminuiu um pouco a velocidade da lancha quando notou a aproximação de duas barcaças e meia dúzia de iates. O trânsito nas águas de Paris se tornara intenso desde o Grande Terremoto de 1829, mas se tornara absolutamente insano nos últimos dias, graças à exposição.

Comprimindo os lábios, Le Chevalier girou o leme de um lado para o outro, desviando-se das embarcações e avançando pelo canal.

Persa mal acabara de acender um novo charuto quando uma lancha negra deslizou velozmente pelo costado, lançando uma onda de águas espumosas que banhou o tunisiano e apagou o seu cigarro.

—Ceguetas! – berrou, irritado, com o punho fechado, enquanto o líquido fétido e espumoso escorria pelas suas faces. – Marinheiros de água doce! Krakens descerebrados!

— Persa, eles...

— Apedeutas! Ignorantes! Destruidores do fumo alheio!

— Abaixe-se! – gritou Le Chevalier, puxando Persa no exato momento em que a primeira rajada de setas atingiu o casco do Fleché.

A lancha negra fez uma curva fechada, os seus ocupantes descerrando uma estranha arma escondida por baixo de panos grosseiros. A máquina infernal fez jorrar setas de ponta quadrada que escapuliam de vários canos, estilhaçando a antepara de vidro do Fleché, enquanto os seus dois ocupantes encolhiam-se no chão. Felizmente, o casco fora reforçado segundo as especificações do próprio Le Chevalier, e as setas ricocheteavam como aves contra um muro.

Mesmo assim, a situação era instável e muito perigosa.

— Fique abaixado! – gritou Le Chevalier.

— Excelente conselho! – desdenhou Persa, irritado. – Não teria pensado nele sozinho!

Le Chevalier já estava mais do que acostumado com a verborragia lasciva do amigo para se importar com suas ofensas. Ele escorregou pelo minúsculo convés, até alcançar um painel escondido junto à popa. Abrindo o compartimento, o agente girou uma manivela. O casco exterior se abriu e um cano sinistro surgiu no nível d'água.

O cavaleiro ergueu um cilindro delgado e espiou pelo periscópio improvisado. Girando a estrutura, ele mirou a lancha atacante e deu corda no mecanismo.

O torpedo escapuliu do Fleché com as duas pequenas hélices rodopiando velozmente, deixando um rastro de bolhas para trás. Um dos ocupantes da lancha negra chegou a gritar algo, mas era tarde demais: o torpedo atingiu a embarcação e explodiu, lançando labaredas no convés, que adornou perigosamente.

A saraivada de flechas durou pouco instantes depois disso;

os ocupantes da lancha condenada saltaram para o escaler que traziam a reboque e desapareceram entre os canais secundários.

— Acabou?

— Acho que sim – respondeu Le Chevalier, levantando rapidamente a cabeça e espiando por cima da amurada da lancha.

— Que diabos foi aquilo? Como você destruiu o barco daqueles sacripantas?

— Depois. Preciso examinar a lancha antes que ela afunde.

Com Persa nos remos, eles se aproximaram da embarcação e Le Chevalier saltou no convés, que rangeu e afundou ainda mais. O fogo se alastrara e já consumia boa parte da lancha – não havia dúvidas de que, em poucos segundos, ela seria tragada para as águas negras do Sena.

Ignorando os gritos que partiam das margens, onde uma pequena multidão já se formava, Le Chevalier procurou por alguma pista que os meliantes talvez tivessem deixado para trás. Com a água alcançando os seus calcanhares, ele avançou até a arma e tentou puxá-la, mas sua estrutura fora rebitada no convés.

Franzindo o cenho, ele examinou rapidamente o mecanismo, passando os olhos pelo sistema de alta pressão que alimentava o cano de disparo. A caldeira, já tomada pela água, chiava como uma chaleira esquecida em um fogão, e o trilho de setas jazia submerso.

O cavaleiro passou os dedos pela parte inferior da arma, até encontrar uma plaqueta. Apesar de seus esforços, a folha de metal recusava-se a sair; ele esfolou a ponta dos dedos, mas nada conseguiu.

Bufando de indignação, Le Chevalier esticou o dedo médio até alcançar um pequeno botão escondido sob as luvas: o mecanismo de disparo emitiu um *zoing* agudo, e ele sentiu as molas travarem sob o pulso, pressionando-lhe a mão até estourarem.

As garras duplas, equipamento-padrão do Bureau para seus agentes, haviam falhado novamente.

— Eu mato o Lebeau! – rosnou ele.

Era uma cena estranha: encarapitado em um barco que

afundava rapidamente, o agente socava a própria mão contra a amurada de forma enlouquecida, atraindo os olhares curiosos da multidão e os gritos de Persa.

Então, uma das garras escapuliu da luva e o agente conseguiu cravar a lâmina pela borda superior da plaqueta. O metal torceu-se sobre si mesmo, até que os parafusos arrebentassem.

Agarrando a pequena lâmina, Le Chevalier saltou até o Fleché um pouco antes da lancha negra dar seus últimos suspiros e afundar no rio.

— Veja isso – pediu, depois de examinar a placa.

— "Protolançador de Dardos por Retroalimentação a Vácuo – Propriedade da Real Armada Britânica" – leu Persa, com o mico de cobre esticando a cabeça de dentro do casaco, para onde ele se surrupiara enquanto estavam sendo atacados. – É uma arma inglesa?!

— É o que parece. Reconheceu algum dos meliantes?

— Não – respondeu Persa de forma automática. – Mas não é difícil achar mão de obra barata para alugar, se é que está me entendendo.

Le Chevalier assentiu.

— Mercenários.

— Assim como o Acrobata. Espertos. Esses mercenários não fazem perguntas. Por falar nisso, como destruiu o barco deles?

Le Chevalier mostrou a portinhola escondida.

— Mandei instalar um torpedo manual depois dos problemas que tivemos em Marselha.

Persa exclamou, agradavelmente surpreso:

— Bom, pelo menos nos livramos deles!

O espião franziu o cenho, pensativo:

— Esta não é a questão. Nós acabamos de receber a missão. Quem nos atacou? Os ingleses?

— Eles estariam mancomunados com Bismarck? – perguntou Persa.

— Um império alemão em nosso quintal não cairia mal às

pretensões britânicas – comentou, taciturno. – Mas a Rainha Vitória não morre de amores pelo chanceler prussiano. Há algo errado aqui.

Enquanto discutiam, uma *le Couteau* se aproximou. A pequena embarcação passou por eles como se o Fléché e seus ocupantes fizessem parte da paisagem. Sem a menor cerimônia, eles fundearam onde a lancha naufragara e dois mergulhadores saltaram na água, enquanto um sujeito fumando cachimbo, barba grossa e uma estranha protuberância no alto da testa – provavelmente fruto de uma doença mal curada –, acenava amigavelmente do barco.

— Pirata! Flibusteiro! O que faz aqui, marinheiro de água doce? – gritou Persa, indignado.

— É a lei do mar. O que cai na água é de quem pegar primeiro – respondeu o meliante, com os olhos amarelados pelo vinho barato.

— Aqui são águas parisienses, rato do esgoto! Eu deveria torcer seu pescoço de albatroz, seu ladrãozinho!

O pirata cuspiu um catarro esverdeado na água.

— Roubo menos que o imperador babão, que estrangula a cidade para encher os seus pavilhões de ouro. E para quê? Entreter a massa com suas futilidades? Aquela ridícula exposição de agiotas e fidalgos? Bah! Bobagens! Traquinagens, enquanto o povo morre de fome!

— E você faz o quê, filho de um dromedário falante? Vai entregar o produto do saque para os pobres, é? Trapaceiro! Vigarista!

— Não temos tempo para isso, Persa – avisou Le Chevalier, pondo o motor em funcionamento mais uma vez. O motor cuspiu, parou e voltou a ser religado até que se manteve rodando. – O Imperador nos espera.

— Ladrão de catacumbas! Esse miserável nos apunhalaria pelas costas na primeira oportunidade!

— Provavelmente – concordou Le Chevalier, desviando-se do *le Couteau* e avançando pelo canal com o motor resfolegante. – Mas a nossa prioridade agora é outra. Deixe o caso para a *gendarmarie*.

— Como se eles se importassem com o que acontece nos canais. Pois sim.

Le Chevalier soltou um longo suspiro. Ele não tinha uma resposta para aquilo. Afinal, sabia tão bem quanto Persa que os canais eram considerados terra de ninguém. Utilizado apenas pela população de baixa renda, o local não era prioridade para as forças policiais da cidade.

Enquanto a embarcação deixava para trás a multidão de curiosos que se acotovelava junto ao rio, o corvo drozde do Cavaleiro voou até a ponta da lancha, agitando as suas asas de cobre como um equivalente mecânico de um antigo ornamento viking.

04

Mesmo com um dos motores avariados, o Fleché os levou pelo Rio Sena até o Palácio das Tulherias. Eles atracaram nas docas subterrâneas e apresentaram suas credenciais para os gendarmes que cuidavam da segurança. Logo depois, um soldado os conduziu pelo túnel que dava acesso ao palácio.

Havia soldados uniformizados em todo o lugar. Homens altos, de aspecto feroz e drozdes com mandíbulas afiadas marchavam por entre os canteiros de flores, os compridos rifles Tabatiére pendentes no ombro e as espadas oleadas e afiadas. A todo momento, agentes do Bureau apareciam nos lugares mais impróprios, conferindo itinerários e discutindo as ordens dos militares, que não pareciam nada satisfeitos com o que eles chamavam de "intromissão descabida".

O Palácio das Tulherias havia sido reformado recentemente como um dos preparativos para a Exposição Universal. Flores exóticas foram importadas a peso de ouro e o jardim botânico resplendia em cores, refletidas nos grandes espelhos d'água que cercavam o palácio e multiplicavam o efeito de estar imerso em uma terra idílica, onde estátuas de ninfas e harpias pareciam ganhar vida.

No seu interior, o piso de mármore brilhava tanto que Le Chevalier sentiu falta dos seus goggles escurecidos; seu corvo crocitou mecanicamente e atravessou o grande átrio, seguido pelo mico de cobre. O macaco dava indícios de querer brincar com o amigo, mas o corvo simplesmente bateu as asas e virou as costas para ele.

Le Chevalier e Persa dirigiram-se até o apartamento privado do Imperador, no piso térreo da ala sul. Nesses dias que antecediam a inauguração da Exposição, o Imperador e sua esposa haviam sido convencidos a se mudar da residência oficial, o Palácio Élysée, para o Parque das Tulherias, que poderia ser mais bem protegido.

Ricamente decorado em um estilo que lembrava o seu antepassado mais famoso – Napoleão Bonaparte –, o quarto era uma explosão de vermelho e dourado, espalhado pelas paredes, dosséis e mobília. Além da esplendorosa cama, que mais parecia um trono, ainda havia banquetas, criados-mudo e cômodas em número suficiente para guardar um pequeno arsenal de berloques, cartolas, lenços e gravatas. Em um canto, um phonautographo à corda tocava uma melodia aguda como o miado de um gato. Mais ao fundo, uma escada em caracol levava aos aposentos pessoais da Imperatriz Eugénie.

O arauto franziu o cenho quando percebeu a aproximação de ambos. Não era para menos: a cartola do Le Chevalier estava furada em três pontos distintos; sua casaca, chamuscada; e fuligem cobria seus ombros e rosto. Além disso, havia um cheiro inconfundível de charuto de quinta categoria que parecia emanar de Persa.

Napoleão III estava sentado em uma cadeira de espaldar alto, com detalhes dourados e motivos angelicais. Ao seu lado, o criado pessoal fazia-lhe a barba e esculpia seu vasto cavanhaque quando a porta foi aberta pelo arauto:

— Le Chevalier e seu criado! – anunciou ele, fazendo uma

longa mesura durante a qual os encaracolados balançaram junto às suíças naturais do gordo empregado.

— Eu não sou criado de ninguém, fariseu! – reclamou Persa, ofendido. – Eu sou um legionário!

— Imperador! – exclamou Le Chevalier com uma mesura, ignorando os olhares feios que Persa trocava com o arauto antes de entregar-lhe a cartola e a bengala.

— Ah, o nosso caro agente – cumprimentou Napoleão III com o pescoço levantado enquanto o seu criado afiava a lâmina. Um drozde em forma de pavão abriu as asas, que exibiam ricas filigranas em ouro e madrepérola. – Ouvi falar muito do senhor. Acho que me deve um império, tenente[13].

Le Chevalier não se deixou abater.

— O México é um lugar quente e espinhoso, Vossa Majestade. Os nossos primos imperiais não gostariam de lá.

— Mas as tequilas, Vossa Excelência! – interrompeu Persa, bem-humorado. – Eis uma bebida formidável. Deveríamos importá-la, sem demora! – continuou, bastante animado.

Le Chevalier suspirou para o amigo antes de continuar:

— Creio que Vossa Majestade já tenha sido informado a respeito da ameaça sobre a sua régia cabeça.

O Imperador deu de ombros e o criado saltou para o lado antes que a lâmina afiada marcasse o pescoço real.

— Estou sob ameaça desde o meu nascimento, meu bom homem. Esta é a sina dos que nasceram para governar.

— Rá! Então eu devia achar um reino para mim, Vossa Majestade. Me meti em encrencas desde que deixei os braços da minha mãe, que Deus a tenha – resmungou Persa, alegre, enquanto se

---

13 - A Aventura Mexicana, como ficou conhecida mais tarde, foi uma tentativa frustrada de instalar um império no México. A França invadiu o território em 1862 e manteve o controle deste até entregar a coroa para Maximiliam I. Suas tropas permaneceram no país até 1866, quando bateram em retirada após inúmeras derrotas para os republicanos. Maximiliam foi capturado e executado.

aproximava de uma cômoda azul-turquesa e bisbilhotava as caixas de ouro e gemas coloridas, sob o olhar zangado do arauto. – Ah! Charutos Cuesta-Rey! Posso?

—Á vontade – disse o Imperador, imperturbável. – Talvez possa lhe conceder esse desejo. Um pedaço de terra no litoral africano?

— Na Ilha de Santa Helena[14], talvez – sugeriu Le Chevalier, irritado.

O Imperador abriu um sorriso blasé.

— O que deseja, afinal?

— Talvez seja necessário discutir a agenda de Vossa Excelência – explicou Le Chevalier. – O pronunciamento no Salão dos Espetáculos, na sexta-feira...

— Será mantido, *monsieur* – cortou Napoleão III, levantando-se e fazendo o criado saltar para o lado novamente. – A recepção aos dignitários estrangeiros precede a abertura da Exposição Internacional e não pode ser cancelada.

Le Chevalier comprimiu os lábios em um gesto de quem parecia buscar as palavras certas para contradizer o Imperador.

Napoleão percebeu o gesto e soltou um suspiro cansado.

— Percebe o que estamos fazendo aqui, *monsieur*? Essa exposição apresentará os principais nomes do glorioso império francês ao mundo. Victor Hugo, Hector Berlioz e, até mesmo, aquele degenerado do Van Gogh estarão aqui. O mundo inteiro está examinando a França com uma lupa, Le Chevalier.

O Imperador caminhou até a janela e lançou um olhar perdido para o grande jardim botânico francês.

— Menciono isso para que tenha ciência do que está em jogo aqui. É muito mais do que apenas uma exibição para os ricos, ou o capricho de um rei. O Império corre perigo. Depois da vitória germânica e do fracasso na América (*Não, não o culpo por aquilo – emendou, quando Le Chevalier tentou retrucar. – Foi uma ideia louca e*

---

14 - A Ilha de Santa Helena, na costa da África, foi o local de exílio de Napoleão Bonaparte, que morreu sozinho, após ser capturado pelos ingleses.

tola da minha mulher, um capricho, por assim dizer), a glória francesa está em declínio. Os nossos inimigos estão sentindo o cheiro da vergonha e não tardarão a afiar as suas garras. Não podemos nos acovardar frente a ninguém! Qualquer passo em falso e seremos destroçados pelas forças hostis somente para que os abutres possam compartilhar o saque. É nesta hora que precisamos mostrar nossa força, *monsieur*!

— Entendo perfeitamente, Vossa Majestade – disse Le Chevalier, curvando-se.

— Ótimo – resmungou Napoleão III, voltando à sua cadeira. – Mais alguma coisa?

— Não, Vossa Excelência – respondeu ele, afastando-se.

— *Au revoir*[15], Vossa Majestade! – Persa despediu-se. – E obrigado pelos charutos.

O arauto choramingou de raiva enquanto ele acendia o cigarro e deixava o recinto.

— Bom, o rei não quer nossa ajuda. Podemos voltar agora? Madame Zuzu já deve ter preparado o jantar.

— Ainda não, *mon ami*[16]. Venha, vamos examinar o local da recepção.

Eles seguiram pelo corredor dos espelhos e subiram os degraus requintados da grande escadaria. Depois de apresentar suas credenciais a dois gendarmes que mantinham os drozdes caninos rangendo os dentes, eles entraram na Sala dos Espetáculos.

A vasta estrutura criada por Luís XIV na antiga Galeria das Máquinas fora completamente reformada para a recepção. O piso era uma área enorme de mármore italiano, reluzente e claro. Paredes de espelho refletiam as mesas, multiplicando o efeito dos candelabros e suas velas de cera que pareciam se repetir aos milhares. Cadeiras com acolchoado de cetim bordô eram arrastadas para o salão. Um batalhão de homens e mulheres mexia-se como abelhas, correndo

---

15 - Adeus.

16 - Meu amigo.

de um lado para o outro, enquanto aplicavam os últimos retoques nas mesas, esticando as toalhas de linho, contabilizando a prataria e conferindo a coberta de porcelana *Sèvres*. Um dos garçons media a distância entre o garfo para as ostras e a posição ideal das colheres de sobremesa. Flores frescas seriam colhidas na manhã seguinte, mas as taças de cristal, os lenços e os pequenos papelotes com os nomes dos dignitários, escritos em uma caligrafia rebuscada e elegante, ainda precisavam ser distribuídos hoje.

E era exatamente a distribuição dos convidados que eliminara o resto da paciência do Major Valois. Tradicionalmente, a tarefa ficava a cargo do mestre de cerimônias, Monsieur Gaston, mas dadas as circunstâncias atuais, o Supervisor Desjardins enviara o *commandant*[17] para examinar, pessoalmente, os nomes e a disposição de todas as pessoas que teriam contato próximo com o imperador.

Nas últimas duas horas, Valois fora presenteado com uma sequência aparentemente infindável de regras de etiqueta, recobertas por detalhes escandalosos sobre a personalidade de cada um dos convidados:

— O senhor não pode querer juntar o Conde da Balváquia com o Marechal Danton em uma mesa, *monsieur*. Eles se odeiam desde que o Conde recusou a mão da filha para o garboso varão do Marechal.

— A filha da Marquesa de Pentecostes é uma daquelas sufragistas insuportáveis. Ela provavelmente causaria um ataque cardíaco na velha Baronesa de La Salle. E a sua mãe acabaria se enforcando de desgosto.

— O Visconde Crespin é mais feio do que um bode com dor de dente. Não vou permitir que ele fique em uma das mesas centrais. Seria um desrespeito!

— Não, não e não! Estes dois precisam ficar juntos. Eu recebi ordens estritas nesse sentido.

— Ordens de quem? – explodira o Major, finalmente.

17 - Comandante.

— Da própria Imperatriz, quem mais?

— Essa recepção não será utilizada para alcovitagem!

O *monsieur* Gaston abriu um sorriso cínico cheio de dedos.

— É claro que não, *mon commandant*.

Assim, foi com um imenso prazer que o Major notou a chegada de Le Chevalier e seu companheiro. Ele dispensou o *monsieur* Gaston e seu drozde marreco com um aceno e apressou-se em cumprimentar os recém-chegados.

— Graças aos deuses!

— Problemas no paraíso imperial, senhor? – perguntou Le Chevalier, com um sorriso no canto da boca.

— Nem pergunte. Mas o que aconteceu? – acrescentou, notando as vestes esfarrapadas e a cartola furada do seu agente.

Le Chevalier contou o incidente após a saída da sede do Bureau. O Major franziu o cenho durante toda a narrativa, mas ficou particularmente preocupado ao saber da placa de identificação que o agente arrancara do barco.

— Isso é um pesadelo – resmungou Valois, irritado. – As peças para a exposição foram importadas como parte da mala diplomática dos países expositores! Foi uma exigência da própria realeza britânica.

— Mala diplomática? – repetiu Persa, tragando com força um dos charutos que surrupiara do Imperador.

— Sim. A carga é protegida pela lei dos documentos oficiais. Na verdade, eles podem contrabandear qualquer coisa para cá. Qualquer revista seria considerada espionagem industrial!

— Não sem razão – comentou Persa, com uma risada.

— A operação Greenwich não vem ao caso agora, *monsieur* – respondeu Valois com uma expressão que misturava raiva e uma boa dose de constrangimento.

Persa apenas deu de ombros, antes de falar:

— Mas e o Conde? – perguntou, entre baforadas. – Os prussianos não vêm expor nada aqui, vêm?

— Não, mas a França não possui só estes inimigos.

— Eu que o diga... – resmungou ele, coçando o braço esquerdo, ferido por uma espada coreana no ano anterior.

— Teme que a Rainha Vitória tenha algo a ver com isso? – perguntou Le Chevalier.

— Eu temo a todos, *mon ami*. É a natureza do meu trabalho.

— O nosso também – concordou Persa, estufando o peito avantajado. – E, cá entre nós, eu ficaria de olho naquele arauto do Imperador. Ele me parece suspeito...

O Major lançou um olhar mortífero para ele antes de continuar.

— Mandarei uma equipe de mergulhadores rastrear o Sena. Vamos ver o que encontramos.

— Vai ter sorte se os piratas deixarem algo além da carcaça da lancha.

O Major apenas fitou Persa; com um aceno, ele se afastou, deixando Le Chevalier perdido em seus pensamentos.

05

— **Q**UE SOM DESAGRADÁVEL É ESTE? – perguntou Le Chevalier enquanto desciam para as docas subterrâneas do Palácio das Tulherias.

— É o meu estômago – respondeu Persa, apertando a barriga (o seu mico drozde tapou os olhos com as mãos e balançou a cabeça). – Vamos, *mon ami*, a hora do absinto já passou, mas ainda podemos chegar em casa a tempo para o jantar.

— Mais tarde, Persa. Precisamos voltar ao Bureau.

— Ao Bureau? Ora essa! Nós acabamos de sair de lá!

Le Chevalier lançou um olhar penetrante ao amigo, que o conhecia bem demais para saber quando seria derrotado.

— Com mil chacais ensanguentados! – resmungou, desamarrando a corda que prendia o Fleché.

Logo, a lancha esverdeada saía para a noite que se descortinava na capital francesa. As estrelas mais brilhantes já pontilhavam no firmamento, enquanto tons de turquesa a anil desapareciam no horizonte encoberto pelos telhados de tijolos avermelhados e

LE CHEVALIER [51]

pela fumaça que escapava dos fogões e lareiras. Pouco a pouco, os acendedores de lampiões deixavam as suas residências, ocupando-se com os seus cajados compridos e iluminando o passeio público.

Nos canais, pequenos barcos a remo navegavam placidamente, enquanto os candeeiros eram acessos. Entretanto, a iluminação era esparsa e insuficiente, e a maioria das embarcações pendurava lanternas na proa para evitar abalroamentos. Ainda acabrunhado, Persa acendeu o lampião a óleo do Fleché com as brasas do seu charuto.

Eles desceram o Sena até o Canal do Lago e refizeram o caminho que já haviam traçado nas primeiras horas do dia. Iluminado por centenas de lâmpadas galvânicas, o Bureau parecia um lustre que fora derrubado no meio do Lago Interior. Le Chevalier conduziu o Fleché para o embarcadouro praticamente esvaziado. Ao contrário da visita da manhã, eles tomaram caminho diverso e desceram uma escadaria de ferro em caracol até os subsolos. Os corredores úmidos e mal iluminados conduziram os dois até uma pequena porta esverdeada.

Le Chevalier bateu secamente e entrou.

O laboratório mecânico do Bureau seria um dos lugares mais interessantes a ser visitado, se o seu diretor permitisse civis em suas dependências. A quantidade de mostradores, instrumentos e motores que giravam e soltavam fumaça em baforadas dispersas era capaz de entreter o mais aborrecido cavalheiro por horas a fio. Ferramentas das mais estranhas estavam espalhadas em mesas, armários e estandes, acompanhadas de manuais empilhados e uma quantidade absurda de peças de todos os tipos.

Escondido por trás de um motor helicoidal que teimava em disparar sempre nas horas pares, um jovem rapaz utilizava uma grande lupa para examinar uma carcaça em busca de imperfeições.

Le Chevalier pigarreou, tentando chamar a atenção do *ingénieur*, mas o tiquetaquear e os silvos dos tubos de pressão tornavam impossível qualquer conversa em um volume civilizado.

Sem alternativa, ele se aproximou, batendo no tampo da mesa e chamando o rapaz de jaleco:

— *Monsieur* Lebeau!

O *ingénieur* deu um berro de susto e quase caiu do banco alto. Ele retirou os grossos goggles de pesquisa e encarou os homens com o coração disparado.

— Agente Le Chevalier, legionário Persa – cumprimentou, suando frio.

Le Chevalier arrancou a garra destruída e atirou sobre a mesa.

Lebeau pegou o mecanismo e passou a examiná-lo imediatamente.

— As lâminas não funcionaram. De novo – acrescentou Le Chevalier, soerguendo uma sobrancelha.

Lebeau virou as garrasde um lado para o outro, procurando algo, até soltar uma exclamação satisfeita.

— Não me surpreende. Esta é a G-103. Um modelo completamente desatualizado. Elas deveriam ter sido substituídas no final ano passado. Eu mesmo elaborei o memorando. O senhor não o recebeu?

Houve um certo constrangimento, enquanto Le Chevalier e Persa trocaram olhares. Afinal, eles haviam passado boa parte do ano passado suspensos depois do fracasso no resgate do imperador do México.

O rapaz olhou bobamente de um para o outro, esperando uma resposta que não surgiu.

— Bem, eu posso lhe enviar um novo – disse, dando de ombros.

— Faça isso, por favor – pediu Le Chevalier, cumprimentando-o com um aceno rápido e deixando o laboratório.

Em silêncio, eles seguiram pelo corredor escuro até a última porta. Le Chevalier ajeitou a cartola e bateu.

Após vários momentos, uma janela minúscula apareceu no alto da porta. Olhos dardejaram os dois visitantes, antes que o som de ferrolhos sendo abertos e trancas girando invadisse a galeria. Com um rangido grave, a pesada porta de ferro se abriu.

— Não seria outro a não ser você a me perturbar o jantar – resmungou um sujeito baixinho como uma criança e que levava nas mãos uma escada portátil de três degraus.

— Boas-noites para você também, *monsieur* Roche – cumprimentou Le Chevalier.

— Alguém falou em jantar? Que tal discutir o assunto entre duas *baguetes* e uma taça de vinho?

Roche lançou um olhar feroz para Persa que, mesmo tendo o dobro de altura e quatro vezes o seu peso, se encolheu. Ainda resmungando, o minúsculo funcionário os liderou por um corredor estreito com o seu drozde porco-espinho sacolejando entre suas pernas enquanto o mico o fitava, curioso.

Eles passaram rapidamente pelo escritório, onde uma mesa recoberta por uma toalha vermelha e verde fazia companhia a um prato de camarões com molho *béchamel*, servido com quantidades generosas de pão fresco e uma garrafa de vinho tinto. Persa mordeu os lábios, mas não se atreveu a fazer nenhum comentário enquanto Roche descansava a escada e pescava uma almofada dura, forrada por um grosseiro tecido *chintz*. Então, ele pareceu se lembrar de algo:

— Sabe, sempre houve um "Cavaleiro" a serviço da França – comentou, espichando um olho para um volumoso tomo de aparência mofada e muito antigo. – A história dos seus predecessores é anterior à Guerra dos Cem Anos.

— Deve ser uma leitura fascinante – comentou Le Chevalier, polidamente.

— Mas adivinhe o que achei quando procurei informações sobre o nosso atual "Cavaleiro"? – perguntou, estreitando os olhos de forma maliciosa.

Le Chevalier suspirou.

— Ah, isso...

— Nada – declarou Roche, irritado, enquanto pescava uma

pasta vazia na qual uma caligrafia elegante e rebuscada escrevera: *Le Chevalier XXIII.* – Nenhuma palavra. Nenhum documento. Tudo foi confiscado. Pergunto-me a mando de quem.

— A burocracia francesa é detestável – lamentou-se Le Chevalier, de modo pouco convincente. – Decerto, uma busca mais acurada pode...

— Meus arquivos estão intactos, Cavaleiro! – vociferou ele, ofendido. – Alguém, deliberadamente, surrupiou esses documentos.

Le Chevalier apenas deu de ombros.

— Diferentemente deste rapaz glutão aqui – continuou, olhando feio para Persa enquanto puxava uma pasta verde com ferocidade: – *Monsieur* Karim El Hadji. Natural de Tataween, na Tunísia. Por alguma ironia do destino, escolheu a alcunha Persa como codinome...

— Não fui eu! – protestou o rechonchudo legionário, indignado. O seu mico levantou um punho para o arquivista. – Foram aqueles crápulas da Legião Estrangeira que não sabem distinguir um dromedário de um camelo!

Roche continuou como se não tivesse sido interrompido:

— ... foi combatente na Guerra da Crimeia e na Campanha da Itália, onde acabou recrutado por Le Chevalier como ajudante de campo. Atuou em missões na Grã-Bretanha, México, Austrália...

— Achei que a missão na Austrália fosse secreta! – exasperou-se Persa.

— Nada é secreto aos Arquivos Gerais – sentenciou Roche, com um olhar malicioso. Ele fechou a pasta com estardalhaço e os levou para fora, guiando-os até *La Salle de Consultation*[18].

O local era pequeno, abafado e muito quente: construído no fundo lamacento do Lago Inferior, boa parte do maquinário dos Arquivos Gerais permanecia em um cofre de aço e concreto *Porland*, onde o ar era constantemente filtrado e desumidificado por caldeiras movidas a coque, o que garantia a preservação dos

18 - A Sala de Consulta.

milhares de documentos depositados ali. O consumo de energia era estratosférico e não permitia que o controle de temperatura fosse estendido até as demais dependências. Muitos diziam que era necessário um pacto com Hades, o temido deus do mundo inferior, para trabalhar naquele lugar.

Enquanto Persa secava o suor da testa e Le Chevalier desafogava o nó do colarinho, Roche depositou a almofada em uma cadeira forrada com um couro gasto e se sentou, empoleirando-se no assento enquanto as suas pernas balançavam no ar. Havia uma espécie de cômoda de trabalho à sua frente; sob o tampo, uma pilha de cartões do tamanho de uma nota de cinquenta francos e um perfurador. Uma janela de polideído abria-se para uma área ampla, atrás da parede, e que permanecia às escuras. Um leitor de cartões Hollerith e uma alavanca pneumática completavam a escassa mobília.

— O que vocês querem? – perguntou Roche, retirando um pequeno par de óculos de dentro dos bolsos e colocando sobre o nariz excecionalmente adunco.

— Informações – pediu Le Chevalier, entregando a pequena plaqueta de metal para o funcionário. – Sobre esta arma específica.

Roche examinou a peça por uns instantes antes de colocar um dos cartões na perfuradora.

— Bem, vamos ver... Protolançador. Dados. Vácuo – recitou, usando a agulha-guia para fazer furos no molde acartonado à sua frente. Graças a um complexo sistema de molas e polias, a agulha perfurante seguia os seus movimentos, recortando o cartão nos locais especificados.

— Arma e... hum... Armada britânica, por que não? É, acho que é isso – disse, dando-se por satisfeito.

Sem esperar uma resposta, ele largou a agulha-guia e puxou o cartão perfurado, soprando com força para que quaisquer fiapos de papel fossem eliminados. Então, ele inseriu o cartão na leitora Hollerith e puxou a alavanca.

Uma miríade de luzes amareladas se acendeu atrás da janela. Elas piscaram por um momento, enquanto o fornecimento a gás estabilizava, até se tornarem firmes o suficiente para iluminar a maravilha tecnológica do *professeur* Verne. Era irônico, pensou Le Chevalier, que, dentre todas as grandes realizações do cientista, sua mais brilhante era a única que nunca seria conhecida do grande público.

Alimentada por um sistema automático baseado no poder das molas de compressão, já que as informações contidas naquele recinto eram preciosas demais para correrem o risco de virar cinzas por causa de um condensador mal calibrado ou o estouro de uma caldeira, engrenagens dentadas e rodas gigantescas movimentavam-se graciosamente, capitaneadas pelos minúsculos furos introduzidos no cartão perfurado. Diariamente, o pessoal de manutenção vagava pelo labirinto de corredores com suas latas de graxa, lubrificando junções e ajustando as rotativas e os trens de engrenagem. Enquanto giravam e calculavam, centenas de pastas arquivadas eram trocadas de lugar, gerando novos e mais complexos parâmetros. Fruto de um trabalho monumental realizado pela *Société Française des Documents d'Archives* [19], milhões de pastas contendo toda a informação coletada pelo Bureau foram catalogadas e registradas em termos de padrões que poderiam ser reconhecidos pela máquina tabuladora de Verne.

— Que coisa prodigiosa é a tecnologia moderna – comentou Persa, secando a careca suada com um lenço de linho. – Uma alavanca à toa e esta gigantesca máquina funciona como um relógio suíço.

— Relógio francês, *mon ami* – retrucou Roche, olhando feio para o colega.

Le Chevalier engoliu um sorriso, observando a máquina do *professeur*, que parecia estar dando seus últimos espasmos. Enquanto as engrenagens moviam-se, caneletas de metal eram rearranjadas e pequenos malhos recobertos de feltro – muito parecidos com

---

19 - Sociedade Francesa de Documentos de Arquivo.

os martelos de um piano –, posicionavam-se atrás das pastas de couro. Com um estalo final, as molas que seguravam os martelos escolhidos pela máquina foram liberadas e sete pastas deslizaram, graciosamente, pelas caneletas até um vão na parede.

Roche entregou as pastas para Le Chevalier e os levou até outro escritório espartano, mobiliado apenas com uma mesa e várias cadeiras e iluminado por uma lâmpada a óleo cavernosa.

— Me avisem quando terminarem – disse, retirando-se.

— É, avisaremos... Seu anão guloso, regulador de comida e sacripanta fedorento! – resmungou Persa assim que o funcionário se afastou.

Ignorando os acessos de raiva do colega, Le Chevalier se sentou e pôs-se a trabalhar, examinando os relatórios coletados pelos agentes do Bureau, que pudessem ter alguma conexão com a plaqueta que ele arrancara da arma inglesa.

Enquanto investigava, era brindado com comentários esporádicos de Persa:

— Este trabalho não é para mim! Estou lhe dizendo. Está na hora de me aposentar!

— Reguladores miseráveis! Custava abrir uma cantina no Bureau? O que eles têm contra uma boa refeição?

— Pelas águas turvas do Mediterrâneo! O desgraçado está a fritar um filé naquele escritório? Que cheiro delicioso!

— Encontrei! – exclamou Le Chevalier, arrancando Persa dos seus devaneios culinários.

— O quê? O quê?

— Ouça:

O protolançador a vácuo é um disparador de setas de baixa potência, projetado pelo Almirante Hampton para uso em abordagens. A arma foi desenvolvida no estaleiro de Aberdeen, mas não há relatos de ter sido incorporada a nenhum navio. As averiguações indicam que esta teve classificação mediana no Comitê Interior de Guerra britânico, mas tal fato não foi confirmado. Tentativas de conseguir seus esquemas foram infrutíferas, até então.

— Este relatório é datado de apenas um mês atrás.

— Classificação mediana, é? – resmungou Persa, balançando a cabeça. – Malditos comedores de enguias! Não reconhecem uma arma nem quando constroem uma. Aquela coisa podia ter nos feito em picadinho!

— Sim, mas o importante é que existem outras armas com semelhante poder de fogo.

— E?

— Então, por que alguém atacaria um agente francês com uma arma britânica em plena Paris?

Persa o encarou, abriu a boca e voltou a fechá-la, aparentemente sem saber o que responder.

06

— **Precisamos investigar a Armada** Britânica – disse Le Chevalier à guisa de uma saudação, quando Persa se sentou para o desjejum na manhã seguinte.

— Bom dia para você também – resmungou o colega levantando os olhos da pilha de *croissants* que fumegavam em seu prato enquanto se servia de uma xícara de café quente. – Nós podíamos discutir isso...

Tec. Tec. Tec.

Ele interrompeu a linha de pensamento, aturdido.

— Que diabos é isso?

— Madame Zuzu está aprendendo mecanografia – respondeu Le Chevalier, apontando com os olhos na direção da cozinha.

Tec. Tec. Tec.

— Mecano... Por que, em nome de tudo o que é mais sagrado, ela está aprendendo a usar aquelas horríveis máquinas de escrever?

— É o progresso, Persa. Ela está se preparando para o futuro.

Tec. Tec. Tec.

– Futuro?! – repetiu ele. – Ora bolas! Qual é o problema de um belo manuscrito? Onde está a beleza na letra fria dessas máquinas insensíveis?

– Não é a beleza que está em questão aqui, *mon ami*.

– A beleza sempre é parte da questão, Cavaleiro – filosofou Persa.

Tec. Tec. Tec.

O mico drozde esticou os braços, bocejando junto com o dono. Persa afagou o cocuruto de aço do seu amiguinho antes de levantá-lo. Com um movimento rápido, ele girou sete vezes a minúscula coroa escondida no peito do autômato, armazenando a energia mecânica no intrincado tambor que alimentava o sistema. Depois, esvaziou a xícara, antes de voltar sua atenção para o colega:

— E você quer investigar os britânicos – resmungou, retomando o assunto. – Achei que o agente tivesse sido morto enquanto vigiava o Conde prussiano.

— É fato, mas o pobre agente Pinard não era o mais prolixo dos homens. A verdade é que os seus relatórios eram paupérrimos; suas observações, vagas; e suas conclusões, inúteis – resmungou Le Chevalier, com um toque de irritação na voz. – Ele não descobriu absolutamente nada nas últimas semanas. A única coisa palpável que temos é a plaqueta que arrancamos da arma inglesa.

— Acha que os comedores de enguia vão concordar que inspecionemos os navios? – perguntou Persa, incrédulo.

— Não.

Tec. Tec. Tec.

— Então...

— Nós somos espiões, não somos?

Persa balançou a cabeça, amuado, enquanto Madame Zuzu murmurava algo da cozinha que soava muito a "Homens!".

No quarto de vestir, trocaram seus trajes por vestes mais simples, com a intenção de bisbilhotar, incógnitos, os couraçados aportados no *Port de la Bourdonnais*. Deixando de lado os compridos floretes, levaram consigo apenas um punhal cada um, além dos equipamentos básicos de segurança do Bureau.

De cabeça baixa, eles circularam pela Gare com os drozdes escondidos em seus casacos puídos e chapéus de segunda linha. Afinal, autômatos pessoais reluzentes eram tão incomuns entre a população de baixa renda quanto francos de ouro, e era necessário passarem despercebidos se quisessem lograr êxito.

Eles ignoraram a elegante *locomotive* pneumática e caminharam até o porto de embarque do Canal Garnier, onde esperariam por um Escaravelho junto a uma multidão de trabalhadores que se juntara conforme eles se aproximavam do cais de embarque.

O navio negro se aproximou devagar. Suas pás musculosas, que lembravam as hastes de um inseto, diminuíam o ritmo até pararem completamente. O motor a vapor soltou um último suspiro enquanto os atracadores em terra lançavam ganchos para laçar a embarcação e aproximá-la do molhe. O navio chacoalhou com violência ao bater nas costas do cais, esparramando água por cima das pequenas lanchas que navegavam no canal.

Os passageiros, já acostumados com os modos rudes dos marinheiros da Companhia de Translocomoção Aquática de Paris, apenas se seguraram enquanto seus corpos eram lançados de um lado para o outro até o navio se estabilizar nas águas turvas.

O conferente abriu as portas e deixou algumas poucas famílias desembarcarem; depois, ele liberou a entrada. A massa de operários avançou com os pés apressados, buscando avidamente os últimos bancos livres antes que fossem forçados a fazer o resto da viagem em pé. Tíquetes eram carimbados com violência enquanto os alferes observavam a movimentação com os olhos atentos.

Mesmo assim, no lado oposto, junto à popa, um grupo pequeno testava a própria sorte, saltando para a embarcação sem passar pelos guardas da companhia. Em sua maioria formada por vagabundos, mendigos e pedintes, eles preferiam correr o risco de afundar nas águas do canal ou mesmo encontrar um fim trágico, ao serem esmagados contra o navio, a gastar os parcos recursos comprando uma passagem.

Apesar de ilegal, a prática era comum e a cena repetia-se em cada porto e marina, com o silêncio complacente dos trabalhadores. Normalmente, os alferes preferiam ignorar os saltadores. Havia até mesmo a denúncia de um mercado ilegal de apostas entre os marinheiros, que arriscavam parte do seu soldo tentando adivinhar quantas pessoas afundariam no canal em um porto, mas nada disso jamais fora provado.

Le Chevalier avançou com a cabeça baixa, fingindo uma expressão neutra e despreocupada por trás de uma máscara de graxa que ele esparramara por suas faces. Dissimulado, notou, com o canto dos olhos, a agilidade de uma garotinha, que não devia ter mais do que doze anos, saltar do cais até o barco e escorregar rapidamente para dentro do navio com um ar maroto. Mesmo sem querer, ele se viu sorrindo.

O Escaravelho partiu momentos depois; um apito estridente escorregou para fora dos canos de vapor e os marinheiros empurraram o barco para longe do cais com as suas lanças compridas. O motor bufou por duas vezes antes das pás começarem a girar, empurrando o Escaravelho para o meio do canal.

O cheiro do coque barato, do canal emporcalhado e do suor dos trabalhadores que se aglomeravam nos vários conveses se misturava, até formar uma neblina densa que parecia impregnada nos bancos de ferro e no teto laminado. A alta classe parisiense não permitia que seus empregados pessoais se deslocassem daquela maneira. *L'odeur*[20], como diziam, era incompatível com as funções de um lacaio ou de um mordomo. Seus servos usavam a *locomotive*, e o último vagão havia sido reservado especialmente para essa classe trabalhadora.

A diferença no valor das passagens, obviamente, era descontada dos seus salários.

---

20 - O Odor.

Le Chevalier e Persa viajaram em pé, próximos a uma escada que levava ao tombadilho. Ali, o vento encanado tornava o ar mais respirável, além de fornecer uma rota de fuga adequada em caso de um sinistro[21]. Espremidos na escotilha, eles se balançavam de pé com os demais passageiros, as expressões deprimidas que marcavam um novo amanhecer.

Logo após a segunda parada, quando o Escaravelho sacolejava lentamente para se afastar da marina Javel, Le Chevalier ouviu um assobio fino e uma pressão em seus bolsos.

Rápido como um raio, ele deu o bote e interceptou uma luva metálica que tentava surrupiar a sua carteira.

— Perdeu alguma coisa, *Ma petit*[22]?

Era a mesma garotinha que saltara para o barco quando eles haviam embarcado. Seus grandes olhos dourados emolduravam um rosto sardento, quase imperceptível por debaixo da grossa camada de sujeira. Os cabelos castanhos desciam compridos em nós e emaranhados, que fariam Madame Zuzu precisar dos seus sais.

Ela abriu um sorriso estranho e se abaixou, como se fosse cumprimentá-los. Então, puxou a luva metálica com um tranco, tentando desvencilhar-se.

Le Chevalier apenas balançou a cabeça negativamente.

A garota deslocou o pescoço com um movimento repentino e assobiou. Uma centopeia metálica escorregou por entre suas vestes, girando rapidamente pelo seu braço e avançando pela luva, até encontrar a mão de Le Chevalier. Um ferrão surgiu entre o quinquagésimo oitavo e o quinquagésimo nono segmentos: com um movimento brusco, o pequeno autômato cravou o seu espinho no pulso do cavaleiro, que soltou uma exclamação antes de soltar o artefato.

21 - O último acidente grave ocorrera havia quase três anos, mas boa parte dos passageiros acabou morrendo afogada quando um Escaravelho adornou após uma colisão com um navio de carga. O peso dos motores e da caldeira empurrou a massa de ferro e carvão para o fundo em poucos minutos, levando junto o grito dos trabalhadores presos nos convés inferiores.
22 - Minha pequena.

A garota recolheu a peça metálica, piscou marotamente e se virou para fugir, mas o corpanzil de Persa bloqueou o seu caminho.

— Me deixe ir, cara de marmota – pediu ela, em um tom altissonante. Mesmo pega em flagrante, ela lançou ao Persa um olhar furtivo e desafiador.

Então, um dos alferes, que circulava bocejando pelo barco, se aproximou, certamente atraído pelo princípio de confusão.

— O que está acontecendo aqui? – perguntou, ríspido.

— Nada, senhor policial – respondeu Le Chevalier, tirando o boné puído e cumprimentando a autoridade com um falso sotaque provinciano. – Esta garotinha é filha da minha irmã. Estou a levando para a fábrica. O chefe diz que eles estão precisando auxiliares na cozinha.

O guarda encarou a garota por um momento, desconfiado do sorriso aberto que ela exibia nas faces. Fungando baixo, ele acenou rapidamente e se afastou.

— Vamos, *sobrinha* – sussurrou Le Chevalier, agarrando com firmeza o antebraço da garota e conduzindo-a para longe da multidão. – Nós precisamos conversar.

Com Persa abrindo o caminho, eles conseguiram um lugar afastado, junto aos banheiros. O cheiro ali era insuportável, mas quase ninguém se aproximava daquele local, a não ser em último e desesperador caso.

Le Chevalier ergueu o queixo fino, avaliando-a. As roupas eram puídas e de segunda mão, claramente obtidas em algum abrigo para inválidos e necessitados. Sua pele era suja e macilenta, mas não tinha aquela cor apática de quem passara a vida na sarjeta; os dentes amarelados ainda pareciam grossos e firmes e, surpreendentemente, intactos. O medalhão que ela trazia no pescoço...

A garota fez um movimento brusco e assustado, colocando a mão sobre o colo e se escondendo do que lhe pareceu ser um olhar atrevido do agente ao seu recatado decote.

— Você é boa, garota – comentou ele, balançando a cabeça e encarando aqueles olhos castanhos cintilantes. – Mas nem tanto.

— Sou boa o suficiente pra sobreviver – respondeu, mal humorada. Sua voz era riscada, como se ela se esforçasse para esconder os traços da pouca idade por trás de um arrastar na garganta. – Sabia que você seria um pato difícil, mas não custava tentar.

— Pato?

— Otário. Vítima. Presa.

Le Chevalier ergueu as sobrancelhas, compreendendo.

— E por que achou que eu seria um alvo difícil, por assim dizer?

— Você é da polícia – acusou ela, com desprezo. – Não sei por que não me prendeu, mas...

Ela parou a frase no meio, subitamente em pânico. Por um momento, o amadurecimento forçado pela vida nas ruas desapareceu e somente a jovem garotinha surgiu.

— O que vocês querem comigo? – perguntou, afastando-se, cautelosa.

Le Chevalier levou apenas um segundo para reconhecer a origem dos temores da jovem.

— Não sou nenhum tipo de maníaco ou degenerado – afirmou, usando o seu tom de voz mais convincente. – E posso garantir a integridade e lealdade do meu companheiro como se fossem as minhas.

Persa retirou o seu boné, em sinal de respeito.

A garota soltou a respiração, ainda tremendo.

— Você está certa, garota – continuou. – Eu sou um tipo de policial, mas minha área de atuação é mais... diversa. Crimes comuns não me interessam.

Ela deu de ombros, como se aquilo não lhe dissesse respeito.

— Qual é o seu nome?

— Juliette.

— E este Juliette é seguido por algo?

— Sim, mas não é da sua maldita conta.

Persa bufou com a impertinência da garota, mas Le Chevalier apenas balançou a cabeça, como se isso não importasse agora. Com um gesto, ele pediu para examinar a luva mecânica.

A garota franziu o cenho, indecisa, e estreitou os olhos para Le Chevalier, como se o avaliasse por trás de uma lupa.

Então, lentamente e com muito cuidado, ela esticou a luva para o espião.

Le Chevalier agradeceu, sem emitir palavras, antes de examinar o artefato. Era evidente que o mesmo fora construído com peças de segunda mão. Longe de causar uma má impressão, isso o tornava ainda mais digno de admiração. A precisão na calibragem dos motores de mola e na compensação dos dedos de cobre causariam espanto a um mestre relojoeiro.

— É um aparelho muito interessante – disse ele, girando a luva de um lado para o outro, abrindo e fechando os dedos e testando o seu alcance, antes de devolvê-lo. – Quem o construiu?

— Eu.

Persa soltou um sorrisinho de descrença.

— O que foi? – perguntou ela, seca.

— Não é bonito contar lorotas para os mais velhos, pequena ladra – resmungou ele.

— Eu construí! – teimou ela, bufando de irritação. – Por que não poderia?

— Ora, porque... bem, porque você... é...

— Uma garota? – sugeriu, arrancando as palavras dos lábios de Persa.

O tunisiano pareceu constrangido.

— Sim. Não! Quero dizer... Ora, que ridículo! – exclamou, irritado. – Quem já ouviu falar de uma menina *inginiéur*?

— Ridículo é um policial balofo.

— Eu não sou policial! – vociferou ele, puxando o casaco de tweed esgarçado por cima da barriga.

— Persa! *Mademoiselle*[23] Juliette! – assobiou Le Chevalier, franzindo o cenho. – Vocês estão chamando uma demasiada atenção!

Os dois se fuzilaram com os olhos.

O Cavaleiro respirou profundamente e se virou para a garota:

— Como você o construiu?

— Eu peguei as peças no lixo. Aprendi a juntar elas com o meu tio. Ele era relojoeiro no litoral. Morei com ele depois que meus pais faleceram. Eu o ajudava na oficina.

— E onde ele está, agora?

— Morto.

A palavra saiu rápida e cortante. Mesmo assim, Le Chevalier notou uma angústia profunda percorrer o corpo franzino da jovem.

— Eu sinto muito – disse, com sinceridade.

Ela apenas deu de ombros.

— E desde então, mora nas ruas?

Ela fez um novo aceno, confirmando o que imaginara o agente: a garota tinha berço, mas perdera tudo recentemente.

Persa franziu o cenho, e parecia prestes a dizer algo quando Le Chevalier explicou:

— Nossas leis são extremamente... *conservadoras* em vários aspectos – disse, com os dentes fechados como se tivesse acabado de engolir o que realmente lhe passava pela cabeça. – Mulheres não têm direito a herança. O dinheiro vai para o erário público, e as moças que não têm uma família que possa ampará-las são levadas para alguma instituição de caridade.

— Deplorável! – rosnou Persa, com uma expressão incrédula. – Mas, então, o que a senhorita...

— Eu fugi – respondeu ela em um tom de desafio. – Elas tiraram as minhas ferramentas e meus livros. Queriam que eu aprendesse a bordar – resmungou, fazendo uma careta de quem parecia prestes a vomitar.

— *Elas?*

23 - Senhorita.

A garota lançou um olhar de profundo desgosto para Le Chevalier.

— As Irmãs Índigo. As Filhas para Caridade da Sagrada Medalha.

Ele fez um sinal de reconhecimento. Tinha ouvido falar das Irmãs Índigo, era claro, batizadas assim por causa da peculiar coloração dos seus hábitos. A instituição mantinha e operava uma coleção considerável de hospitais, orfanatos e escolas. Alguns diziam que elas estavam por trás do famigerado *La Salpêtrière*, o hospital-prisão que retirava das ruas as mulheres desocupadas, de vida promíscua ou indesejadas pela sociedade em geral. A maioria era acorrentada às paredes imundas do antigo prédio construído para armazenar pólvora[24].

Le Chevalier estremeceu por um momento, antes de mudar de assunto:

— Bom, eu lhe fiz um favor e gostaria de algo em troca – disse, e a garota retesou os músculos como se estivesse se preparando para fugir novamente. – Como você descobriu os nossos disfarces?

— Ah, isso! – exclamou ela, aliviada. – Fácil. As botas. Elas estão sujas, mas são boas demais pra um trabalhador das fábricas. E suas mãos, mesmo cheias de porcaria, não têm calos – acrescentou.

— Anote isso, Persa – comentou Le Chevalier, olhando divertido para o amigo, que encarava os próprios dedos recobertos de fuligem. – Precisamos de luvas e botas novas, ou melhor, velhas.

Então, ele se virou para Juliette:

— Muito bem, então não somos trabalhadores, mas como...

— Só policial ou bandido usaria um disfarce de operário – acrescentou rapidamente. – E vocês não tinham cara de bandidos.

— Agradeço por isso – mencionou Le Chevalier, cumprimentando-a em tom jovial. – Você é muito observadora, *mademoiselle* Juliette.

---

24 - O nome *La Salpêtrière* se originou do francês *salpêtre* (salitre), um dos componentes utilizados para a produção de pólvora.

— Você não vive nas ruas se não souber o que tá acontecendo – comentou ela, virando o rosto para o rio que passava devagar. lá fora.

— Não, acho que não – concordou Le Chevalier, pesaroso.

Eles seguiram em silêncio o resto da viagem. A embarcação seguia devagar, derramando seu quinhão de trabalhadores e arramalhando outros que eram deslocados de um lado a outro de Paris. Quando o Escaravelho finalmente se aproximou do Port de La Bourdanaiss, o relógio já marcava a nona hora.

Le Chevalier se virou novamente para a jovem dama.

— Tome – disse ele, oferecendo uma nota de vinte francos. – Compre uma refeição quente e arranje um lugar decente para passar a noite.

A garota mirou os seus olhos fulvos na nota apenas por um momento, antes de desaparecer no meio de seus andrajos. Mesmo assim, continuou encarando-o, sem saber muito bem o que houvera ali.

Le Chevalier fez um cumprimento curto com a sua boina de operário e se afastou.

— Ela deveria ser levada para um abrigo – comentou Persa enquanto atravessavam o tombadilho e desembarcavam no cais, junto ao porto.

— Ela tem um espírito livre – disse Le Chevalier, a título de resposta. – Provavelmente fugiria dessas instituições em poucos dias. E ainda levaria os vencimentos do mês. Creio que esteja mais bem arranjada sozinha.

Persa apenas deu de ombros, antes de saltar para a terra firme e exclamar:

— Finalmente! Já estava farto de ficar zanzando como um besouro d'água nesta coisa dos demônios! Teríamos chegado antes se andássemos com as nossas próprias botas!

— Não duvido, *mon ami* – retrucou Le Chevalier, seguindo sem pressa os operários que desembarcavam na marina.

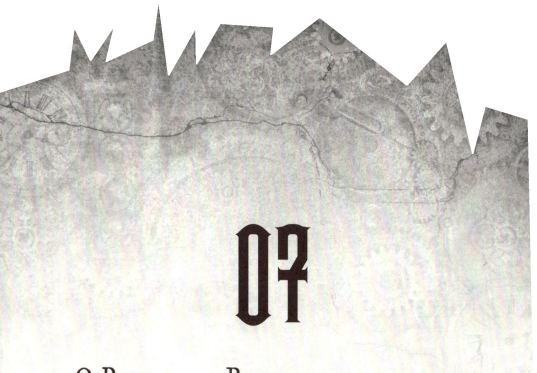

07

O Port de la Bourdonnais estava em plena atividade. Faltando apenas três dias para a abertura da Exposição Universal, centenas de trabalhadores descarregavam materiais dos couraçados que, perfilados um ao lado do outro, formavam uma versão anacrônica da Convenção de Genebra.

De fato, era possível acompanhar, nas mesmas docas, o sotaque inusitado dos japoneses, a fanfarra norte-americana, a eficiência burocrática inglesa e, mesmo, os inúmeros sons estalados dos diversos dialetos baseados no francês que pipocavam em suas colônias. Como país anfitrião, coube ao império de Napoleão III a maior parte dos pavilhões do Campo de Marte. Em suas dependências, meirinhos e contínuos eram capitaneados por gerentes culturais, que catalogavam cada uma das relíquias que seriam exibidas, formando um grande painel multicultural das colônias francesas – entre caraíbas, africanas e asiáticas.

Le Chevalier e Persa deixaram a marina para trás e alcançaram o burburinho das docas. Puxadas por cavalos sonolentos e mal-humorados, carroças enfileiradas esperavam pacientemente por sua vez enquanto caixas e mais caixas eram acomodadas por marinheiros, que gritavam em suas línguas estranhas e costumes mais diversos ainda. Ao longe, a *gendarmarie* acompanhava a movimentação com os olhares atentos, mantendo a distância regulamentar definida nas inúmeras convenções internacionais que precederam a organização da Exposição.

Houve um certo alvoroço quando uma gaiola baixou do couraçado japonês Yamato. Eles desembarcaram um tigre albino, de pelagem alva como o leite, e arisco como um dentes-de-sabre. O animal, estressado pela longa e ininterrupta viagem, rosnava e arreganhava os dentes. Os tratadores gritavam ordens sem parar, mas ninguém entendia a exótica língua oriental e os trabalhadores franceses contratados acabaram se afastando, com medo. A gaiola pendeu de lado e quase caiu, o que gerou um início de pânico. Dois *gendarmes* se aproximaram com os rifles Tabatiére a postos, mas foram afastados pelos japoneses, irritados.

Por fim, o tigre foi acalmado e eles conseguiram carregar a gaiola até a carroça, apesar do cocheiro não ter gostado muito da carga que recebeu. Ele chegou a tentar renegociar o aluguel combinado, mas os japoneses foram irredutíveis. Logo, a insólita comitiva trotou pelas ruas de Paris, o tigre albino rosnando no dia calorento e espantando os cães vadios.

Le Chevalier e Persa seguiram caminho diverso aos operários, abandonando a larga calçada e esgueirando-se por entre as caixas que se amontoavam junto ao passeio. Caminhando nas sombras, eles se aproximaram do magnífico S.M.S Horatio, um dos mais famosos couraçados ingleses, lançado havia poucos anos. Com oitocentos e sessenta e dois pés e quase setenta canhões, a embarcação de aço e ferro podia alcançar vinte e sete nós com suas quatro turbinas a vapor Oliver-Watt e carregar uma carga superior a sessenta mil toneladas. Incrustrado na proa, o leão da Rainha Vitória exibia suas presas de chumbo dourado em uma posição ameaçadora, enquanto a flâmula cruzada da Grã-Bretanha balançava no alto do castelo.

Uma grua verticaladora de movimentação mecânica havia sido locada pelos ingleses; alimentada pelo coque marinho de dois motores Garret, a lança projetava-se das docas até o interior do couraçado com um assobio fino que acompanhava a caldeira de alta pressão. A garra presa no braço horizontal podia deslocar várias caixas de cada vez, mas a operação era demorada e exigia um controle absoluto do espaço ao seu redor. A execução era rigidamente fiscalizada pelos burocratas ingleses, que discutiam as planilhas e preenchiam imensos relatórios, enquanto marinheiros de primeira classe lhes serviam xícaras com um chá escaldante.

Com muito cuidado, Le Chevalier e Persa galgaram as caixas depositadas para alcançar uma posição mais elevada. O Cavaleiro buscou em seu casaco os goggles fornecidos pelo Bureau e girou as lentes até encaixar o sistema de visão lunescópica. Ele colocou o acessório e estava prestes a vasculhar o couraçado inglês quando a sua visão foi obscurecida por um par de botas anormalmente grande.

Agindo por instinto, ele pulou para o lado no exato momento em que o chute cortou o ar. Desequilibrado, rolou pelas caixas, levando junto Persa, que gritou, estupefato:

— Mas que ideia foi essa?

Le Chevalier não respondeu; uma batida surda atrás de si indicava que o seu atacante havia saltado até o chão. Ele se virou para encará-lo, mas os goggles travados na visão lunescópica prejudicavam seus movimentos. Com um movimento rápido, sacou um punhal curto da algibeira e, mesmo cego, investiu.

O golpe saiu muito mais aberto do que gostaria; sua lâmina foi barrada com uma facilidade absurda e ele precisou se abaixar para não ter a cabeça decepada por um contragolpe. O mico drozde de Persa guinchou e desapareceu no meio das caixas, enquanto o seu amo gritava, sacando o sabre e avançando.

Ele aproveitou o momento de distração para arrancar os

goggles, piscando os olhos repetidamente para que a desorientação passasse. Enquanto isso, Persa lutava contra o oponente no redemoinho das sombras que se perpetuavam entre os caixotes, o som da sua respiração pesada entrecortada apenas pelo retinir das espadas e a sua coleção particular de ofensas:

— Desgraçado! Moleirão! Pusilânime!

Persa tentou uma balestra e saltou contra o vulto, mas o seu adversário era rápido demais: girando nos calcanhares, ele esquivou-se e o golpe caiu no vazio.

O tunisiano foi empurrado para trás e caiu pesadamente no chão. Foi o tempo suficiente para que o inconfundível som de uma arma de ar comprimido sendo engatilhada invadisse o local: um silvo agudo vibrou em seus ouvidos, fazendo com que o drozde corvo de Le Chevalier fugisse para o alto dos caixotes, piando com severidade.

Os dois homens rolaram no chão, procurando um abrigo, enquanto duas setas zuniam sobre suas cabeças, perfurando as caixas de madeira com as suas ponteiras de aço. Ao lado de Le Chevalier, Persa urrou, levantando os punhos:

— Lute como um homem, animal desgraçado!

A sua única resposta foi o disparar de mais setas. Persa saltou para o lado e bateu a cabeça no chão. Uma das setas raspou a orelha esquerda de Le Chevalier, derrubando sua cartola e cravando-se em um dos caixotes. Não foi preciso mais do que um momento para ele reconhecer o dardo negro.

— Basil?! – chamou, espantado.

O atacante parou. Muito devagar, ele e Le Chevalier afastaram-se em uníssono, caminhando para o cone dourado do sol que escapava entre as caixas. Primeiro, surgiram as botas negras com suas múltiplas fivelas; depois, as calças listradas e o cinto de couro que prendia o colete com o dragão britânico no centro e a gravata borboleta com um alfinete de madrepérola. Das luvas partiam os orifícios que dispararam as setas, e nas costas estava preso o famoso arco longo de Hood. Ele tirou os goggles de proteção, bagunçando os cabelos castanhos e encarou Le Chevalier com os seus olhos azuis cintilando.

— O que você está fazendo aqui, Cavaleiro?

— Este é meu país. Acredito que a pergunta deva se dirigir a você.

Basil o encarou; o cavanhaque pequeno, que se pronunciava aos lados até se encontrar com as suíças, tremeu levemente, enquanto ele parecia ponderar por um momento. Por fim, disse:

— Eu estou investigando um roubo.

Le Chevalier ergueu as sobrancelhas e o fitou antes de falar:

— Acredito que estamos aqui pelo mesmo motivo – esclareceu, pescando a plaqueta dos bolsos e atirando para Basil, que a recolheu no ar.

O agente britânico encarou o pedaço de metal por algum tempo antes de se virar para Le Chevalier.

— Ai, minha cabeça... – reclamou Persa, levantando-se. – Pela madrugada! Basil!

Os dois agentes continuaram se encarando em silêncio.

— E então? O que está acontecendo aqui? Por que estão brincando de mímica?

— Não é mímica, Persa. Eu estou esperando que o nosso amigo Basil tome uma decisão – explicou Le Chevalier, em tom divertido.

— Decisão?

— *Oui*[25]. Afinal, dois espiões se esgueirando pelas docas não é algo trivial, mesmo em nosso ramo. O nosso amigo inglês está considerando a possibilidade de dois gatunos retornarem ao local do crime para ver se há algo mais a ser roubado.

— Que disparate! Nós apenas...

— Ou, ainda, se nós simplesmente encontramos a tal plaqueta e viemos investigar a armada da Rainha Vitória, o que seria um passo lógico. Também é possível que nós tenhamos arrancado

25 - Sim.

a placa para criar um álibi, ou que a encontramos em um navio repleto de meliantes.

— O que é precisamente...

— E se o autor do roubo for uma terceira potência estrangeira, por que ela usaria tal arma contra agentes franceses em plena Paris? Isso não faria sentido, afinal, há armas mais próprias para um ataque desta natureza. E, também, ele deve estar considerando que...

— Chega! – gritou Persa, zonzo. – Com mil bailarinas pirulitantes! Pergunte logo o que ele pensa, ou acabaremos todos no manicômio!

Le Chevalier deixou escapar um sorriso antes de falar:

— Ele tem razão, Basil. Não chegaremos a lugar algum apenas conjecturando.

Basil girou repetidamente a pequena placa entre seus dedos, com a expressão indecifrável. Seus olhos cintilaram por alguns momentos, até que ele pareceu se dar por vencido. Por ora, as hostilidades seriam relegadas a uma segunda opção.

— Vocês foram atacados? – perguntou Basil.

— No meio do Rio Sena. Aqueles patifes sem caráter destruíram boa parte da nossa lancha! – protestou Persa.

— Com o protolançador? – insistiu o inglês, que não aparentava estar convencido.

— Exatamente! Com aquele demônio cuspidor de setas que vocês construíram! – acusou Persa, semicerrando os olhos pequenos. – E ainda acharam que arma...

— Persa! – exclamou Le Chevalier, em tom de alerta.

Ele se calou, ainda emburrado.

— Quando a arma foi roubada? – perguntou o Cavaleiro.

— Dois dias atrás – respondeu Basil, voltando a examinar a plaqueta. – Ela foi surrupiada do S.M.S. Horatio.

— Um roubo audacioso. Roubar uma arma do couraçado... Por que alguém faria isto?

— Ela não estava montada, Le Chevalier. Ela faria parte da Exposição.

Persa deixou o queixo cair, mas o Cavaleiro apenas cofiou o bigode, assentindo.

— Ela não tinha serventia para a Armada, pois a sua potência era reduzida demais. Mas poderia ser útil para a marinha mercante, à mercê de piratas que infestam os mares.

— Vocês construíram uma arma sem saber se ela serviria para alguma coisa? Que país!

Basil lançou um olhar furioso para o tunisiano.

— Vocês estavam atrás de um comprador – disse Le Chevalier, finalmente compreendendo.

— Vários, na verdade. Investimos um bom dinheiro naquele equipamento e queríamos diminuir o prejuízo se fosse possível. Você sabe onde ela está?

— No fundo do Sena, perto do cais de La Concorde.

— Eu me apressaria se fosse você – interrompeu Persa, voltando a acender um dos charutos imperiais com um sorriso condescendente nos lábios. – Piratas já devem ter roubado tudo de valor, e mergulhadores vão vasculhar o local ainda hoje.

Basil assentiu, mesmo a contragosto.

— Há algum suspeito do roubo? – ainda perguntou Le Chevalier.

— Vários. Um mais improvável do que outro. Roubar uma arma desse tipo me parece sem sentido. Usá-la contra agentes franceses em Paris... – Ele deu de ombros. – Talvez estejamos atrás de um louco.

— Ou um gênio.

— A loucura é a madrasta da genialidade – recitou Persa, baforando mais uma vez. – Minha mãe sempre me disse que eu andaria na corda bamba entre as duas.

— Com este peso, me admira que o picadeiro não tenha ruído – zombou Basil.

— Ora, seu inglês insolente! Eu devia...

— Vamos, Persa! – chamou Le Chevalier energicamente. – Não há mais nada que possamos fazer aqui.

Os dois se afastaram enquanto o agente inglês desaparecia entre as sombras.

— E agora? – perguntou Persa, esperançoso ao notar que os raios solares já atingiam o seu apogeu. – E então? – insistiu. – Meu estômago já está imaginando que a minha boca entrou em greve!

Le Chevalier soltou a respiração e piscou um olho maroto para o corvo drozde, que voou até o seu ombro antes de anunciar:

— Vamos para casa. Eu preciso mesmo reler os relatório sobre o Conde Dempewolf.

08

Os raios de sol da primavera descortinaram-se sobre Paris, mas não alcançaram o apartamento escondido de Le Chevalier. Sentado na poltrona de seu escritório, o agente ocupava-se de rodopiar uma das adagas em cima do tampo da mesa, marcando profundamente a madeira enegrecida, o que provavelmente arrancaria muxoxos de protesto da Madame Zuzu.

Para a sua sorte, foi Persa que o encontrou.

— Não vai me dizer que passou a noite inteira acordado? – perguntou o colega, abrindo a porta e entrando no escritório, arrastando um robe alaranjando.

— Eu estive pensando – respondeu Le Chevalier, ainda girando a adaga.

— Pensar demais faz mal, é o que a minha mãe sempre dizia.

Ele se aproximou e arrancou a adaga das suas mãos.

— O que você precisa agora é de umas *tartines*[26] com geleia, dois croissants, talvez uma xícara de café com leite e...

---

26 - Sanduíche aberto tipicamente francês.

— Não temos tempo para o desjejum – declarou Le Chevalier saltando da poltrona e subitamente dotado daquela fonte inesgotável de energia que lhe era tão característica. – A recepção do Imperador acontecerá amanhã à noite. Vamos, Persa! Há algo que eu preciso conferir.

O rosto de Persa se tornou lívido de raiva.

— O quê? Sem o desjejum?! Com mil demônios, isso não é jeito de iniciar uma investigação. Le Chevalier! Você está me ouvindo? Raios!

Ele socou a própria mão enquanto o amigo desaparecia porta afora.

— Krakens fumegantes! O homem é uma máquina!

O seu drozde guinchou, emburrado.

— Sem ressentimentos – acrescentou, olhando para o mico com carinho.

Ainda resmungando, Persa abandonou o roupão no quarto e se vestiu, encontrando Le Chevalier na soleira da porta. Madame Zuzu, governanta do agente havia mais de vinte anos, os esperava com uma expressão de desgosto e um bule de café quente. Persa tentou murmurar um pedido de desculpas, mas a corpulenta senhora apenas balançou a cabeça, como se já estivesse acostumada a ter seus requintados serviços sendo desperdiçados pelo patrão de modos erráticos.

Le Chevalier, no entanto, também seria surpreendido naquela manhã. Ao abrir a porta do apartamento, encontrou Juliette limpando as unhas com um palito.

— O que você está fazendo aqui?! – perguntou.

— Tome – foi a resposta da garota, forçando um pacote aberto na mão do Cavaleiro. – Isto é para você.

Ele gastou alguns momentos. passando os olhos do pacote para a garota e de novo para o pacote.

— O que... mas... Isso é do Bureau! De onde você tirou isso? Como você encontrou esse lugar?!

A garota deu de ombros.

— Encontrei o sujeitinho enquanto descia pra cá. Ele foi encarregado de fazer a entrega, mas estava com muita pressa. Então, deixou comigo – explicou.

— Mas que flagrante desrespeito às normas de segurança! – vociferou Persa, dando um passo à frente. – Quem foi o néscio que estava encarregado da entrega?

— Não sei – disse ela, num tom de voz de "nem-te-ligo". – Não perguntei o seu nome.

— Mas o que *você* está fazendo aqui, *madeimoselle* Juliette? Como você nos encontrou?

— Eu o segui.

Uma risadinha bem audível explodiu de dentro do apartamento.

— O espião mais importante da França sendo seguido por uma garotinha... – comentou Madame Zuzu por detrás dos dois homens. – Meio embaraçoso, não? – perguntou em um tom vingativo.

— Obrigado, Madame Zuzu – resmungou Le Chevalier, e a senhora se afastou ainda rindo.

Ele se virou para Juliette novamente.

— O que você está fazendo aqui? – perguntou pela terceira vez.

— Fiz um pra você, já que gostou – disse e suas sardas pareceram levemente coradas.

Ela baixou os olhos e pareceu constrangida pela primeira vez desde que eles haviam se conhecido. Então, empurrou uma luva mecânica para Le Chevalier, que segurou a peça reluzente com uma expressão espantada no rosto.

— Eu dei uma olhada nesta coisa também – acrescentou, apontando para as garras que saltavam do embrulho enviado pelo Bureau. – É meio grosseira, mas funciona.

— Grosseira? – repetiu Le Chevalier, com um sorriso esquisito nos lábios.

A garota perdeu imediatamente o tom insolente, e sua atitude se tornou mais séria:

— É. As molas são muito grossas e o gatilho de arranque, muito fino. Quem fez isso devia calcular melhor a força elástica do sistema.

Le Chevalier e Persa apenas piscaram, em silêncio. Então, o Cavaleiro balançou a cabeça, como que espantando o entorpecimento e buscou dentro de si o seu tom de voz mais complacente:

— Eu agradeço imensamente o seu oferecimento, *mademoiselle* Juliette. Mas você não pode continuar me seguindo. O meu trabalho é... bem, peculiar e traz companhias ... hã, indesejáveis, por assim dizer.

— Tudo bem – disse ela, com um sorriso gracioso. – Já vi tudo o que queria mesmo.

E, com estas palavras, ela desapareceu nos túneis.

— Ora essa! – exclamou Persa, olhando estarrecido para Le Chevalier.

O Cavaleiro apenas deu de ombros e, antes de trancar a porta, deixou os dois mecanismos guardados no seu apartamento.

— Essa garota ainda vai nos dar trabalho – sentenciou Persa para ele, enquanto subiam até a Gare.

— Depois nos preocupamos com ela – disse Le Chevalier com firmeza. – Agora, precisamos nos concentrar no caso.

Enquanto subiam, ele discorreu sobre o que estivera perturbando a sua mente durante toda a noite:

— Eles nos atacaram com uma arma roubada de um cargueiro inglês. Qual é o motivo para isso?

— E eu tenho cara de adivinho? – respondeu Persa, ainda irritado pela perda do café da manhã.

— Talvez seu objetivo fosse apenas que nós perdêssemos tempo. Uma manobra divergente – sugeriu ele, febril.

— Um embuste?

— Sim. Perdemos boa parte do dia investigando os ingleses.

— E chegamos atrasados para o almoço. E, agora, saímos sem o desjejum. Você ainda vai me estragar o apetite, *sahib*.

— Esqueça seu apetite – rosnou Le Chevalier, irritado. – Se os ingleses não têm relação com o ataque no canal, quem teria?

— Ora, o Conde, não é? Não era ele quem estava sendo investigado?

— Sim, mas os germânicos não vão participar da expedição, o que me faz pensar. E se eles tiverem algum aliado?

— É uma ideia. Mas para onde vamos, afinal?

— Para o Parque da Exposição – disse Le Chevalier, abrindo a conhecida porta esmeralda e alcançando a Gare. – Nós vamos para o Campo de Marte!

09

COM O FLECHÉ SOFRENDO CONSERTOS, a alternativa mais rápida para Le Chevalier e Persa alcançarem o parque da Exposição era utilizar o sistema de transporte público. Eles saíram da Gare, deixaram para trás a marina d'Orves e desceram a Rua St. Lazare até a estação Tronchet. Depois de comprar os tíquetes com o bilheteiro, subiram com os demais passageiros até a plataforma de embarque.

Conhecida como *perchoir*[27], a estrutura da plataforma em ferro e aço galvanizado lembrava os poleiros de galos, o animal símbolo da França. Arquitetado como um emblema da nova Paris, o extenso palanque era dotado de confortáveis banquetas de espera, uma *cafétéria*[28] e proteção de polideído contra as intempéries do tempo. Orientadores em trajes azuis e galeões dourados mantinham os curiosos afastados dos postes de cobre que sustentavam as fitas delimitando a zona de embarque. No alto, vastos canos de

27 - Poleiro.
28 - Cafeteria.

ar comprimido forneciam a pressão suficiente para alimentar as velas invertidas das *locomotives*, que impulsionavam a composição entre as várias estações aéreas construídas pelo *professeur* Verne.

Um antigo e elegante relógio hidrostático marcava a passagem do tempo. Na hora programada, o assobio fino do ar sendo expelido para fora do sistema antecipou a chegada da *locomotive* e seus vagões. Assim que a composição estacionou, os orientadores desataram as fitas vermelhas e abriram passagem.

Le Chevalier e Persa tomaram assento no terceiro vagão, conseguindo um lugar na segunda fila. Com a manhã recém-chegada, o monotrilho pneumático estava apinhado de cavaleiros, gerentes e profissionais liberais que aproveitavam o tempo livre para ouvir as notícias gritadas pelos berradores.

A Companhia contratara um verdadeiro batalhão de garotos para berrar as principais notícias do dia, andando de vagão em vagão enquanto o trem sacolejava pela linha aérea. A novidade fora bem recebida pelos usuários, que não precisavam mais pagar pelos jornais, mas houve discussões acaloradas no parlamento por causa da "concorrência desleal" – acusações proferidas, obviamente, pelos donos dos principais jornais da capital. A despeito do processo que seguia na justiça, os *agitateurs nouvelles quotidiennes*[29], nome oficial dado pela Companhia, continuavam seu trabalho.

Mas para a população em geral, eles eram apenas os berradores.

— Quem estaria de conluio com esses comedores de salsicha? – perguntou Persa, quando o trem iniciou o seu circuito silencioso.

— Há várias possibilidades – disse Le Chevalier, recostando-se na cadeira enquanto falava baixo. – Os russos têm mantido uma posição dúbia frente aos últimos acontecimentos. Mas não acredito que eles estejam ansiosos pela formação de um Império Alemão.

— Um império de chucrutes! Rá! Se eles parassem um pouco de brigar entre si! Mas tudo o que sabem fazer é discutir, sem parar!

— Este é o perigo de um homem como Bismarck – reconheceu

---

29 - Agitadores de Notícias Quotidianas.

Le Chevalier. – Ele convenceu vários estados no Norte de que a união era mais benéfica do que se manter separados. Pela primeira vez, os germânicos parecem estar dispostos a sentar e conversar entre si.

Uma porta de correr se abriu, fechando novamente logo após passar um garoto com calças curtas, meias compridas, uma gravata azul-turquesa e um paletó que deveria ter sido confeccionado para alguém duas vezes maior do que ele. Mas o que importava era a insígnia prateada bordada no paletó; um N, de onde partia um reluzente trem prateado.

Todos se acomodaram, em silêncio, para ouvir o berrador.

— E por que esse alemão quer matar o Imperador? – perguntou Persa, em voz baixa.

"Senhora e senhores, orgulhosamente apresento as principais notícias neste belo amanhecer. Uma cortesia da sua companheira de todas as horas, a Compagnie Auxiliarie des Chamins Aériens[30]"

(O rapaz tem uma bela voz, pensou Le Chevalier, antes de responder).

— Em primeiro lugar, não temos certeza de que Bismarck ou mesmo esse Conde Dempewolf planeje matar o Imperador. O que sabemos é que a França não pretende permitir que a Confederação Germânica do Norte absorva os estados do Sul, controlados por Napoleão.

"Chegam a Paris, nesta tarde, o Imperador Meiji e a Imperatriz, do Japão. Ele e seu séquito serão recebidos no Palácio das Tulherias, amanhã à noite, com os demais convidados para a grande Exposição Universal. Estarão presentes a Rainha Vitória, do Reino Unido da Grã-Bretanha e Irlanda e Imperatriz da Índia, além da Condessa..."

---

30 - Companhia Auxiliar das Rotas Aéreas.

— Se esse almofadinha alemão quer invadir os estados do Sul, porque ainda não o fez?

"Entre as atrações da Exposição, há um modelo em miniatura do sistema de drenagem construído pelo ingénieur Banks, que permitiu o desenvolvimento das abóbadas arquitetados pelo monsieur Challenger no subsolo do palácio e..."

— Por causa da França, obviamente – respondeu Le Chevalier, com uma expressão condescendente. – Eles acabaram de sair de uma guerra contra a Áustria. Duvido que tencionem iniciar uma nova frente de batalha contra um Império estabelecido como o de Napoleão.

"O Álbum Real de 1867! Um incrível volume contendo toda a informação necessária para visitas a Londres, em inglês, francês e alemão, circulando em todos os principais hoteis e clubes de Londres e suas províncias, assim como em nossa bela Paris. Exemplares estão disponíveis à venda na central..."

— Eles precisariam de aliados...

— Exatamente. E estas conversações teriam de ser mantidas em segredo. No entanto, em um evento como a Exposição Universal, todas as convenções caem por terra. Não há como ter uma noção real dos laços de lealdade.

"E a Liga de Mulheres Respeitáveis anunciou sua intenção de levar um navio abarrotado de doações para o Egito, a fim de auxiliar os trabalhadores combalidos pelo cólera."

— Miseráveis!

Um silêncio obsequioso se seguiu a essa exclamação, quando

tanto o berrador como os demais passageiros olharam feio para Persa, que se encolheu em um canto.

Depois disso, a viagem transcorreu sem mais acidentes, a não ser o fato de uma senhora, com um estranho coque de duas pontas, virar o rosto quando saiu do vagão, bufando de raiva ao passar por Persa. Mais tarde, eles alcançaram a Estação Aérea d'Orsay, quando ambos desembarcaram.

Perto da entrada da Exposição Universal, duas plataformas voadoras VZ-h7 estavam recebendo os últimos ajustes, enquanto os soldados se revezavam em dar corda nas hélices de sustentação. Estabilizadas por rotores menores justaposicionados e uma salva de plaquetas de ardonita, as plataformas podiam alcançar até os vinte metros e levar um soldado armado com um rifle de alta precisão. Era um trabalho árduo e solitário, mas a vigilância nas plataformas garantia uma visão privilegiada – e a segurança da exposição era prioridade absoluta. A autonomia das VZ-h7 era curta; as plaquetas antigravitacionais precisavam ser trocadas a cada duas horas e as molas, mesmo esticadas ao máximo, não duravam muito mais do que isso. Mesmo assim, as plataformas ganharam os céus de Paris nos últimos meses.

Com as suas credenciais, não foi difícil para Persa e Le Chevalier entrarem na Exposição, mesmo que esta só fosse ser inaugurada em dois dias. O burburinho aumentara nas últimas horas e milhares de pessoas corriam de um lado para o outro, acertando os detalhes remanescentes de cada uma das peças e instalações que seriam apresentadas.

O edifício projetado pelo *professeur* Verne e construído pelos engenheiros Jean-Baptise e Leopold Hardy tinha o formato de oval e espalhava-se por boa parte do Campo de Marte. Seus dois andares abrigavam mais de 50 mil expositores e a construção custara a bagatela de 6 milhões de francos, uma pequena fortuna financiada pelo Imperador e por subvenções da cidade de Paris. O seguro proposto pela Lloyd's de Londres era tão alto que a prefeitura optou por instalar um novo e revolucionário sistema contra incêndios. Conhecido como *extintor automático de chamas*, a trama de canos, instalada no teto de todo o palácio, fora ligada a um imenso repositório de água. Se a temperatura no recinto ficasse muito elevada, buchas de cera de abelha e resina de cedro derreteriam e a água seria aspergida no local através de centenas de furos.

Antes que a Exposição abrisse, porém, a maioria das atrações ainda estava oculta por uma atmosfera de segredo: cortinas negras cobriam boa parte das peças, preservando os artefatos dos olhares curiosos e, principalmente, da imprensa. Afinal, a Exposição Universal era, acima de tudo, uma competição de egos. Os países participantes traziam seus principais feitos e nomes nas áreas da engenharia aplicada, artes, ciências e folclore, cada qual disposto a mostrar que suas atrações poderiam suplantar as do vizinho. Assim, não era de se espantar que guardas particulares patrulhassem cada um dos pavilhões, conferindo e reconferindo as credenciais e impedindo que xeretas cruzassem as linhas da exibição antes do dia da abertura.

Le Chevalier e Persa passaram rapidamente pela delegação francesa, que ocupava mais da metade do edifício. Deixaram para trás os moldes em tamanho natural das fábricas de vinho, queijos e as padarias parisienses. Também não pararam na exibição artística, onde dois pintores pareciam discutir por causa do tamanho reservado para a exposição das suas obras. Da mesma forma, ultrapassaram a Ala Mecânica (*apesar de Persa ter perdido alguns minutos examinando uma estranha invenção, conhecida apenas como Criador de Gelo em Qualquer Momento; – Drinks gelados! Sem dúvida, isso viria a calhar!*) e não perderam tempo na galeria histórica. No pavilhão seguinte, eles passaram pelos milhares de expositores da Grã-Bretanha, Irlanda e suas colônias, além de várias tendas provenientes dos Estados Unidos e Canadá.

Finalmente, no segundo andar, eles diminuíram o passo. Com a expressão desinteressada de quem parecia apenas querer conferir o andamento dos trabalhos, eles passaram pela delegação chinesa. Barulhos estranhos, que lembravam pancadas e explosões, ressoavam por trás das cortinas vermelhas. Guardas trajando vestes cinzas e gorros azuis patrulhavam o local, armados com seus rifles de repetição rápida. Ninguém era autorizado a se aproximar.

O próximo pavilhão era o japonês. Parte das cortinas havia sido descerrada e eles puderam observar um maravilhoso jardim construído dentro do salão: bonsais minúsculos se multiplicavam por entre colinas em miniatura que cercavam a réplica do Monte Fuji, gracioso em seu topo de neve e gelo seco. Estátuas de Buda espalhavam-se pelo ambiente e vários artistas passavam de um lado para o outro, trajando seus quimonos coloridos enquanto discutiam em voz baixa.

Persa sentiu um arrepio esquisito. Eles não possuíam drozdes.

— Bárbaros – resmungou.

Le Chevalier ainda estava maravilhado com aquele belo exemplar de arquitetura, quando a sua atenção foi despertada por um vulto que escorregou por entre os trabalhadores do pavilhão seguinte.

Ele caminhou com os passos largos, aparentemente hipnotizado e só parou quando duas baionetas cruzaram seu caminho. Piscando, ele olhou para as lâminas sem entender, até que seu braço foi repuxado por Persa.

— O que está fazendo?

Ele não respondeu, olhando diretamente para a mulher que estivera esgueirando-se por entre homens suados que carregavam peças e montavam as engrenagens do que parecia ser um imenso relógio instalado no chão. O artefato devia ter uns vinte metros de lado e era tão intrincado que Le Chevalier não conseguiu perceber a sua utilidade.

A mulher se aproximou com os passos lentos, as botas negras respigando óleo, enquanto o longo casaco azul-escuro entreabria-se a cada passo, revelando duas pistolas prateadas presas junto ao corselete violáceo. Ela balançou levemente os cabelos louros para espantá-los dos olhos antes de dar uma ordem em voz baixa para os dois carabineiros russos. Ao seu lado, um pequeno drozde lince-anão (o único que o Cavaleiro conhecia – construído especialmente para ela pelo relojeiro Komandirskie), esgueirava-se com os passos leves.

Os carabineiros abriram caminho e Le Chevalier entrou, seguido de perto por Persa, que encarava a mulher como um peixe que acabara de ser fisgado.

— Bom dia, *tovarisch*.

— O que você está fazendo aqui, Alexandra? – perguntou com a boca seca.

— Estou com a delegação russa – respondeu ela, em um sotaque arrastado. – O que esperava? Que eles mandassem Mikhail? Aquele boçal seria capaz de beber todo o vinho francês e matar a sede engolindo o Sena!

O Cavaleiro esboçou um sorriso que não chegou aos seus olhos.

— Não imaginava que você fosse enviada para uma missão desta natureza.

— Minhas habilidades são mais úteis fora do meu país do que dentro dele.

— Achei que uma assassina seria de grande valia para combater os insurgentes.

— A minha lâmina não foi forjada para ceifar o meu próprio povo, Cavaleiro.

— Ah, desenvolveu algum escrúpulo nestes últimos anos, então?

Mesmo recoberta pelos trajes, Le Chevalier notou que a agente russa retesara os músculos.

— Não me orgulho do que aconteceu em Odessa, mas foi necessário.

Ele balançou a cabeça.

— Discordo, *Ma chèrri*[31]. E algo me leva a crer que a sua alma parece disposta a combater o que sai dos seus lábios.

----

31 - Minha querida

— Alma? – repetiu, abrindo um sorriso nos lábios grossos enquanto acariciava a própria pistola. – Aquelas eram pessoas sem alma, Cavaleiro.

— Você extrapolou as suas ordens.

— Não tem o direito de me contradizer, Cavaleiro – rosnou ela, levantando o queixo de Le Chevalier com o dedo em riste. – Não conhece o meu caminho para questionar as minhas ações.

Seguiu-se um momento tenso. Le Chevalier e Alexandra se entreolharam, e Persa notou uma mistura de ressentimento e algo mais profundo, que ele não soube precisar.

Ele, que acompanhava o debate como quem assistia a uma partida de badminton, resolveu interromper:

— E o que vocês vão fazer agora? Dançar um minueto? Duelar?

Alexandra lançou um olhar divertido para Persa antes de falar:

— O que quer com a mãe Rússia, Cavaleiro?

— Investigação de rotina – disse ele, na defensiva. – Um artefato foi roubado da delegação inglesa e...

— Ah, sim. A tal máquina de setas! – interrompeu Alexandra, com sua voz rouca e envolvente. – Basil esteve aqui ontem à noite. Mas não sabemos de nada. Não temos interesse em brinquedos.

— Basil? Basil Baker esteve aqui? – perguntou, repentinamente agressivo.

Ela o encarou, divertida.

— Sim. Por quê? Está com ciúmes?

— Le Chevalier com ciúmes, esta é ótima! – uivou Persa.

O Cavaleiro nada disse e apenas encarou a espiã russa por um momento. Ela era uma agente estupenda, e a dissimulação sempre fora uma das suas armas. Não obteria nenhuma confirmação apenas conversando.

Sentindo-se em desvantagem, ele apenas assentiu com a cabeça antes de falar:

— Bom, nós precisamos continuar seguindo e...

— Nada disso! Não vão deixar meu pavilhão sem provar do elixir que alimenta a Mãe Rússia. Venham, eu insisto!

— Ah, uma dama de valor! Magnífico! Não se encontram mais pessoas assim! – comentou Persa, aceitando o oferecimento de bom grado.

Le Chevalier não teve outra escolha senão acompanhá-los pelo corredor lateral, esbarrando em trabalhadores apressados até saírem em uma pequena varanda que circulava todo o complexo. Separados apenas por uma grade de ferro, operários de todas as delegações usavam as mesas espalhadas por ali para as refeições.

Alexandra os acomodou em uma delas e desapareceu por uma porta, voltando a seguir com uma garrafa de vodca e três copos. O seu drozde lince sentou-se ao seu lado, vigilante. A agente serviu a bebida incolor e propôs um brinde:

— Aos Impérios!

— À bebida! – completou Persa, antes de beber.

Quando eles esvaziaram o segundo copo, uma estranha movimentação iniciou ao lado. Homens pequenos em quimonos alaranjados saíram para o alpendre, trazendo vastas tigelas que espalharam um cheiro de peixe no ar.

— O que é aquilo? – perguntou Persa.

— *Donburi* – respondeu Alexandra, tomando um novo copo num só gole. – É uma mistura de peixe, carne, legumes e arroz.

Le Chevalier a encarou.

— Faz dez dias que estou entocada neste pavilhão – resmungou, dando de ombros.

Logo, dezenas de operários japoneses se aproximaram. Um dos homens, provavelmente o chefe da expedição, se aproximou da comida e fez uma leve curvatura. Então, ele gritou:

— Itadakimasu!

— Itadakimasu! – repetiram todos, curvando-se também.

Eles se sentaram e começaram a comer.

— Pela flâmula de Joana d'Arc! O que eles estão usando?

Le Chevalier notou o olhar aturdido do legionário antes de responder:

— São *hashis*. Palitos japoneses. Eles usam para comer.

— Que peraltice! Nunca lhes apresentaram uma faca ou um garfo?

Le Chevalier sorriu.

— É um costume ancestral, Persa. Tenho certeza de que eles conhecem os modos ocidentais. Só não os adotam.

— Quem diria...

— Eles comem como se não houvesse o amanhã – comentou Alexandra, esvaziando um novo copo. – Todos os dias. Eu achei que os orientais fossem mais moderados.

Le Chevalier se virou, entendendo o que Alexandra queria dizer. Realmente, a fome dos japoneses era de dar gosto a qualquer mãe ocidental.

— Você já ouviu falar do Conde Dempewolf? – perguntou à agente em um tom que aparentava displicência.

— Sim.

Ele a encarou. Alexandra sorriu:

— Apesar dos revoltosos em nossos quintais, os grandes olhos do Tsar[32] não estão cegos para o que acontece a oeste dos Cárpatos.

— O que sabe sobre ele?

— Pouca coisa – resmungou Alexandra, baixando a voz como se conspirasse. – Desde que a Prússia ganhou a guerra, temos monitorado qualquer representante de Bismarck que se aventure para fora da sua Confederação.

— O que a Rússia tem a ver com isso?

— A Prússia já é uma das potências europeias, Cavaleiro. A criação de um Império Alemão afetaria a balança do poder em nosso quintal.

Ele assentiu. Aquilo fazia sentido.

— E descobriu algo sobre os planos do Conde?

---

32 - Tsar é o título usado pelos monarcas do Império Russo.

— Pouco – admitiu ela, a contragosto, franzindo o cenho enquanto falava: – Alguns meses após a guerra, o Conde foi para a China.

— China?! – repetiu Persa, quase cuspindo a vodca para fora do copo.

— Na verdade, ele foi para a Concessão Britânica em Hankou – disse Alexandra.

— Território inglês – disse Le Chevalier, lançando um longo olhar ao Persa. – O que ele queria?

— Não sabemos. Nosso camarada afirma que o Conde passou boa parte do tempo negociando acordos comerciais com diferentes representantes, mas não temos detalhes mais precisos.

— Entendo – resmungou, recostando-se na cadeira. Aquilo não fazia sentido. Bismarck acabara de sair de uma guerra que lhe custara mais de trinta mil soldados. Abrir negociações com potências tão distantes não lhe parecia um passo lógico.

— Aqui, ele tem andado ocupado em reuniões com pessoas altas em lugares baixos, por assim dizer – continuou Alexandra. – Pelo que soube, o baixinho comprou algumas embarcações ligeiras e uma lancha negra.

— Os mercenários que nos atacaram no Sena! – exclamou Persa.

Le Chevalier assentiu, enquanto Alexandra continuava:

— Depois que o seu agente foi morto, o Conde mal saiu da sua residência.

— Então, ou seus planos foram cancelados, ou já estavam suficientemente adiantados para não precisar da sua interferência – concluiu Le Chevalier.

— Apostaria a minha carabina na segunda hipótese, Cavaleiro – disse ela, piscando um olho.

Franzindo o cenho, ele fez um longo cumprimento antes de se levantar:

— Agradeço a sua ajuda, *Ma chèrri*.

Alexandra assentiu, levantando-se também, piscando um olho e desaparecendo no pavilhão russo, com o lince mecânico em seus passos.

Le Chevalier deixou a varanda, acompanhado por Persa.

—Ah, uma moça charmosa! – comentou o amigo. – Que olhos! Seu temperamento deve ser tão quente quanto aqueles olhos, hein?

— Temo que a realidade possa decepcioná-lo, Persa – resmungou Le Chevalier.

No passadiço, ele consultou o recém-instalado hidrocronômetro de precisão.

—Vamos, Persa. Vamos nos preparar. Retornaremos à noite.

— À noite?! Por quê?

— Porque estou interessado no que os chineses vão mostrar quando a Exposição abrir.

10

A NOITE SE DERRAMARA EM PARIS aos poucos. Depois de esconder os vinhedos em Reims e avançar rumo a oeste, alcançou Vincennes, passou pelo esplendoroso Hôtel de Ville e subiu pelo Boullevard Lafayette até a Gare St. Lazere. O ritmo dos pistões havia diminuído e as caldeiras do Parque Industrial lançaram os seus últimos apitos enquanto milhares de trabalhadores escapavam de seus portões e enchiam os bares e cafés, descansando os músculos no abraço colorido do absinto ou nos vapores inebriantes do vinho jovem e refrescante. Era a hora de discutir o dia, comemorar seus ganhos, ou apenas esquecer os pequenos dissabores.

No Campo de Marte, o ritmo continuava intenso. Com os trabalhos finalizados, era hora de desmontar os monstros de metal e vapor, remover os detritos, limpar os vidros externos e arrumar os últimos detalhes. Chatas enormes haviam aportado em la Bourdonaiss e uma fila interminável de canos, condensadores, nacelas e engrenagens eram carregados até as barcaças pelos cavalos emprestados do Regimento de Cavalaria do Exército Imperial.

Le Chevalier e Persa se misturaram na multidão de trabalhadores e se esgueiraram, por entre o vaivém de pessoas, até se aproximar da entrada do palácio. Ali, a segurança era reforçada e a entrada, terminantemente proibida.

Eles mostraram discretamente a insígnia do Bureau para os soldados; não obstante, o cabo tentou bater continência, mas foi impedido por uma bengalada secado Cavaleiro:

— Inspeção de segurança – resmungou, com um sorriso tenso. – É melhor que permaneçamos incógnitos.

— Certamente, senhor – respondeu o cabo, com um sorriso.

Le Chevalier e Persa avançaram para dentro do palácio. A enorme estrutura estava às escuras, com exceção de uma ou outra lâmpada galvânica que fora esquecida acesa, consumindo despropositadamente as placas de cobre.

Eles subiram as vastas escadarias com os passos amortecidos pelos sapatos com micromolas e seguiram rapidamente pelo corredor do segundo andar, até alcançar as cortinas rubras da exposição chinesa, desaparecendo em seu interior.

A delegação do Império Chinês se esmerara nos mínimos detalhes. Peças raras da coleção de porcelanas do Império Ming haviam sido selecionadas e embaladas em seda dourada e ocupavam uma posição de destaque no salão de exposição. Dois soldados do incrível Exército de Terracota, recém-descoberto pelo historiador chinês Sima Shijuang, ladeavam os pratos e vasos, como guardiões mudos de uma técnica milenar. Mais ao fundo, maquetes de obras de engenharia revelavam ao mundo a reconstrução de Pequim, destruída na década passada por um maremoto.

Eles se esgueiraram pelas minúsculas passagens com cuidado, evitando tropeçar em algum dos enfeites ou quebrar as peças delicadas de porcelana e cristal que se esparramavam no recinto decorado. Depois de ultrapassar as maquetes, alcançaram outra cortina, que escondia um painel de gesso que parecia dividir o palco de exibição em dois.

Uma pequena porta de madeira era a única passagem visível. Le Chevalier testou a fechadura e não se espantou quanto percebeu que estava trancada.

Com uma gazua que retirou de um estojo, forçou a tranca por um momento, até que o clique característico da fechadura sendo aberta ecoou no salão e a porta se abriu.

Avançaram para uma sala completamente às escuras, pois a iluminação noturna que invadia o palácio de exposição pelas claraboias não alcançava aquele depósito. Temendo tropeçar em algo delicado ou potencialmente valioso, ele acendeu a sua lanterna galvânica.

O facho amarelado ecoou pelo recinto vazio até encontrar um autômato que devia medir, pelo menos, dois metros de altura.

— Isso é impossível! – exclamou uma voz fina.

Le Chevalier se virou como uma cobra, o florete em punho. A lâmpada focou a porta, onde a pequena Juliette se protegia do facho com a mão espalmada.

— Tire isso da minha cara! – berrou, zangada.

— *Mademoiselle* Juliette?! – exclamou Le Chevalier, mal acreditando nas suas próprias palavras. – O que você está fazendo aqui?

A garota o ignorou como se ele fosse parte da mobília.

— Isso não pode ser um autômato! A Lei de Yudavich[33] nunca foi quebrada! – anunciou em tom professoral enquanto se aproximava do estranho boneco de metal.

Le Chavalier acompanhou os seus passos com a boca entreaberta.

— As nacelas estão soldadas de uma maneira estranha –

---

33 - Em 1854, o *ingénieur* Yudavich estabeleceu a equação da conservação de energia para um autômato: a energia necessária pelas turbinas a vapor é proporcional ao volume da caldeira e inversamente proporcional ao peso da carcaça somada ao tender de combustível. Apesar de inúmeras tentativas, ninguém fora capaz de construir um autômato maior do que uma criança desde que os primeiros drozdes saíram da fábrica do *Monsieur* Jaquet.

continuou ela, tirando-o momentaneamente do estado de choque que se apossara de sua mente. – E que coisa esquisita é aquela ali? Parece o tender, mas é pequeno demais. Como eles...

— Não. Sei. E. Não. Me. Interessa! – vociferou ele, praticamente cuspindo cada uma das palavras. – Você não pode me seguir! Saia imediatamente daqui, ou eu juro que... Juliette!

A garota acabara de saltar nos joelhos do autômato, espalhando os cabelos castanhos pelos ombros; firmando-se no vão que separava a cintura do fêmur mecânico, Juliette galgou alguns centímetros até abrir uma portinhola no peito da criatura.

Um alarme estridente reverberou no pequeno cômodo, soando como se um condenado soltasse o seu último suspiro.

Juliette desequilibrou-se e caiu para trás, não sem antes retirar um chumaço do que parecia ser um algodão esquisito. Mesmo sentindo as costas doloridas, ela tocou os dedos sujos e sentiu a oleosidade escorrer na pele enquanto enfiava o resto do material nos bolsos.

— Pelas peraltices de Hermes! – urrou Persa, se aproximando com o cenho feroz. – De todas as meninas que já tive o desprazer de conhecer, você é a mais...

Mas, o que Persa achava de Juliette, nunca ninguém ficou sabendo. Do alto da cabeça do autômato, dois olhos rubros passavam a observá-lo enquanto a caldeira fumegava como se um fogo infernal tivesse sido aceso em suas turbinas.

— Agora, estamos encrencados.

Persa não poderia estar mais com a razão. Aparentemente, o alarme não era o único sistema antifurto projetado pelos chineses. O autômato parecia ser capaz de cuidar muito bem de si mesmo.

Com um rangido agudo, o soldado de metal deu um passo à frente, os joelhos estranhamente invertidos, o que lhe dava a aparência de um canguru. O zumbido característico de um enorme cristal de quartzo vibrando invadiu o recinto, enquanto o autômato parecia decidir o que fazer. Era possível ouvir as engrenagens encaixando-se e os pêndulos subindo e descendo, escolhendo entre tantos, um curso de ação adequado à suposta ameaça.

O autômato girou a imensa cabeça de um lado para o outro, como se estivesse procurando outros atacantes, até que o pescoço travou na posição de Le Chevalier. Então, ele retirou das suas costas uma espada jian do tamanho de um cabo de vassoura.

— Corram! – gritou, antes da lâmina de duas faces cortar o ar.

Eles se espremeram na pequena porta antes de irromper no salão chinês, derrubando lanternas, potes e vasos, que se estilhaçaram no chão.

— Cuidado! – berrou Persa, tentando proteger com o corpo as obras inestimáveis dos grandes mestres chineses.

Mas era tarde demais. O autômato arrebentara a parede de gesso como se fosse de papelão e investia com a sutileza de uma locomotiva desgovernada, arrasando tudo pelo caminho.

Le Chevalier empurrou Juliette para o lado e usou a espada de aço que dispensara da bengala para conter um golpe do autômato. Seu braço absorveu todo o impacto e, por muito pouco, ele não teve os ossos quebrados.

Urrando de dor, ele sentiu os músculos adormecerem e o braço pender ao longo do corpo; com um gesto rápido, passou a espada para a outra mão enquanto o soldado de metal levantava novamente a sua jian, pronto para atacar.

— Parado aí, seu monte de ferrugem descerebrado! – urrou Persa, investindo contra o autômato com o seu sabre.

Faíscas saltaram quando o aço da arma encontrou o ferro do metal, mas, apesar de todos os seus esforços, Persa conseguiu apenas arranhar a armadura chinesa.

O autômato girou para encarar o novo atacante, o que deu a oportunidade para Le Chevalier investir. Ele tentou cravar a sua lâmina nas engrenagens que circulavam às costas do soldado, mas o espaço era estreito demais e ele acabou desistindo.

— Como podemos pará-lo? – perguntou para Juliette, que se escondera junto a um dos lampiões desligados.

— Ele não vai parar até que a caldeira desligue! – gritou ela, apavorada.

— A caldeira... – repetiu, enquanto um plano se delineava em sua cabeça. – A caldeira! O S.S. Hancock! Persa!

O rechonchudo espião desviava-se de um lado para o outro, tentando escapar do ataque mortal do soldado de metal.

— O que foi? Estou ocupado!

— O gelo! A máquina de gelo! Traga o gelo até aqui!

— Pelas barbas de Netuno! Isso não são horas para um refresco gelado!

— Apenas traga, Persa! – gritou Le Chevalier, estocando o autômato seguidamente em suas pernas, até conseguir chamar a sua atenção.

O soldado de metal se virou lentamente, cravando seus olhos de rubi no espião.

— É isso mesmo, latinha! Venha me pegar! – grunhiu, juntando a mão de Juliette e correndo para os corredores que uniam as salas de exposição.

Apesar de pesado, o autômato não era lento. Mesmo com o passo desengonçado, suas pernas mecânicas eram suficientemente ágeis para carregar o corpo metálico no encalço das suas presas.

Le Chevalier e Juliette deixaram para trás a exposição russa, os espelhos venezianos e as monstruosidades mecânicas dos protetorados italianos. Também ultrapassaram a pequena tenda americana e praticamente não notaram o beco onde se escondiam os canadenses.

Saltando por entre os bancos elegantes e desviando-se dos lampiões, eles alcançaram o salão suíço, que tiquetaqueava entre autômatos de corda que pareciam ganhar vida durante a noite. Com o término do corredor, uma longa queda os esperava até o primeiro andar.

— Fique aqui! – berrou ele, empurrando a garota para um canto. enquanto levantava a espada com o braço esquerdo, encarando o autômato chinês.

O soldado de metal travou a sua corrida e esquadrinhou novamente o recinto, em busca de adversários. Então, levantou a sua jian e investiu.

Rescaldado pelo impacto que lhe amortecera o braço, Le Chevalier preferiu uma manobra divergente, rolando no chão e escapando da lâmina que ceifava o ar. Aproveitando-se do momento de desequilíbrio do autômato, ele pegou uma das cadeiras e atirou contra o peito deste.

O soldado de metal deu um passo para trás; suas engrenagens rodaram, até que um fio de fumaça escapasse de suas costas – mas ele não caiu. Com um movimento lento, o seu dorso equilibrou-se para a frente e o autômato fechou ambas as mãos no cabo da espada.

Ele levantou a jian com toda a força; a caldeira chiou e as engrenagens rodopiaram, preparando-se para o golpe final.

O ascensor hidráulico surgiu às costas do cavaleiro. Em um último esforço desesperado, ele arrancou o carrinho cheio de gelo que Persa recolhera e o lançou contra o autômato.

— Mas que m...

Não houve tempo para mais nada. O autômato perdeu o equilíbrio e seu dorso pendeu. A caldeira superaquecida atingiu a água gelada e explodiu, destroçando a maravilha mecânica chinesa.

Foi um verdadeiro caos.

A água em ebulição e o fogo se espalharam e, logo, o sistema de extinção automática de incêndios entrou em ação, derramando uma cortina de água e encharcando Le Chevalier.

— Você está bem, *mon ami*? – perguntou Persa, ajudando o espião a se levantar.

— Chamuscado, mas inteiro – respondeu ele, se livrando do casaco arruinado. Seus olhos procuraram a garota encrenqueira, mas a chuva artificial e a fumaça atrapalhavam a sua visão.

— Onde está Juliette?

Persa se virou e eles andaram a esmo por alguns metros, olhando para os lados, em vão.

A garota havia desaparecido.

— *Merdé!*

— O que foi que aconteceu? Como aquele monstro de metal explodiu?

— A caldeira – resmungou, sentando-se num banco, enquanto respirava com dificuldade. – A caldeira estava fervendo. Em contato com o gelo, ela explodiu. Aconteceu o mesmo com o S.S. Ada Hancock há uns três anos. O barco adornou e as águas geladas do Mississipi atingiram a casa de máquinas. Na explosão, quase trinta pessoas morreram.

— Terrível – comentou Persa, com um estremecimento. – Mas...

— Alto! – gritou uma voz. Era o cabo, que guardava a entrada da exposição, seguido por uma dúzia de guardas. – Em nome do Imperador, vocês estão presos!

— Eu sou um legionário condecorado! – protestou Persa, sacando suas credenciais. – E ele é um agente do Bureau!

— Vocês podem ser filhos de Napoleão, mas vão vir comigo! – rosnou o cabo, apontando o rifle para o rosto de Persa, que não teve outra opção a não ser se render.

— O Major não vai gostar disso – resmungou para Le Chevalier, que apenas concordou com um aceno cansado.

11

Apesar da manhã de primavera, as cortinas do escritório da Seção de Espionagem e Contraespionagem do Bureau estavam cerradas. Em seu interior, a temperatura agradável fora substituída pelo arrefecimento dos ânimos e o borbulhar do sangue.

— Eu não lhe disse, Major? Não lhe disse que era uma má ideia? – vociferou o Comissário Simonet.

— Ele é o melhor homem para esta missão – protestou Valois.

— Outros não concordariam com esta observação.

— Mas a decisão é minha.

— Pois de minha parte, eu sempre soube que eles falhariam!

— É bom saber que há tanta confiança depositada em meu nome – comentou Le Chevalier, abrindo a porta.

Valois fez um gesto brusco, convidando-os a entrar. Le Chevalier ignorou o Comissário e se sentou, seguido por Persa. Simonet puxou o capote para baixo e continuou a encarar o Major, recusando-se a cumprimentar os recém-chegados.

— Droga, Le Chevalier! Que ideia foi essa? – perguntou Valois.

— Nós seguíamos uma pista – disse o espião, justificando-se.

— Uma pista? Uma pista?! – vociferou Simonet, que não fazia nenhum esforço para esconder o seu descontentamento. – Nós não invadimos locais alheios por causa de uma pista! Isso é ilegal!

— Os *gendarmes* precisam seguir a lei, *mon Comissarie*[34]. Eu sou um espião.

Foi um momento tenso. As faces do Comissário adquiriram o tom de uma beterraba. Ele se virou para o Major, mas este não mostrou nenhum sinal de solidariedade. O velho soldado conhecia muito bem o mundo oculto da espionagem internacional para fingir escrúpulos.

Ignorando a fúria do Comissário, Valois se virou para a dupla e perguntou, lacônico:

— Que pista?

— Há alguns meses, o Conde Dempewolf visitou a China. Mesmo sem sabermos a natureza exata das suas intenções, ele não teria feito tal viagem apenas para turismo.

Valois suspirou antes de falar:

— Nós passamos um pente fino na exposição chinesa. Não havia nada lá, além de vasos antigos, esculturas e uma montanha de poemas enrolados. O grande trunfo dos chineses era o tal autômato que vocês dois destruíram.

— Um autômato gigante, capaz de burlar a Lei de Yudavich – comentou Le Chevalier.

— É um feito impressionante, sem dúvida – admitiu Valois a contragosto. – Mas esta não é a questão aqui. O autômato estava tão escondido quanto aquele ridículo xadrez dos russos! Ele *seria* exibido, entende? Aquele maldito autômato não fazia parte de nenhuma conspiração internacional!

— Mas era um autômato de combate – corrigiu Persa, com um estremecimento. – Aquilo era uma abominação, Major. Acredite, o mundo está melhor livre daquela coisa.

---

34 - Meu Comissário.

— Pois eu duvido que os chineses concordem com esta conclu-
são – respondeu Valois, irritado. – O adido cultural e o embaixador
chinês estiveram aqui durante boa parte da manhã. E eles saíram
com uma expressão satisfeita.

— E o que isso significa? – perguntou Persa, desconfiado.

— Significa que vocês estão afastados – respondeu uma voz
ríspida ao irromper pela porta.

Todos se levantaram imediatamente, mas um observador mais
atento teria percebido o momento de hesitação de Le Chevalier.

O sujeito que provocara tal reação era um homem de cabelos
escuros e rosto enrugado. Ele parecia em boa forma, apesar da
horrível cicatriz que cruzava as suas faces, fendendo o rosto a partir do maxilar e contornando o lábio até alcançar a orelha oposta.
Seus olhos eram mirrados, porém inteligentes. Empoleirado em
seu terno risca de giz, um drozde escaravelho sapateava de um
lado para o outro.

— Supervisor Desjardins – cumprimentou Valois, formal.

Desjardins ignorou o dono da sala e se virou para encarar
Le Chevalier. Havia uma indisfarçável expressão de zombaria em
suas faces:

— Invadir uma embaixada estrangeira sem autorização? –
comentou ele, quase de forma casual. – Isso é estupidez, até mesmo
para os seus baixos padrões, Cavaleiro.

— Foi o que eu disse. Foi exatamente o que eu disse – apressou-se a afirmar Simonet.

— Basta – resmungou Desjardins.

O Comissário abaixou o rosto, amuado.

— Nós não invadimos uma embaixada – resmungou Persa,
indignado.

Desjardins levantou os olhos e esticou o pescoço, como se
estivesse procurando a origem da interrupção:

— Ah, o pequeno espião! – exclamou, sorrindo. – Tinham me
informado que você adotara um aprendiz, por assim dizer, Cava-

leiro. Não imaginei que fosse um bufão. Você o está treinando? Ele já sabe ler?

O rosto de Persa se tornou lívido de fúria. Ele contraiu os músculos e parecia prestes a transformar a sala em um ringue quando Valois resolveu interferir.

— O que o senhor deseja, Supervisor?

Desjardins ainda lançou um olhar de desprezo para Persa, antes de se virar para o Major.

— O Sr. Munli, o embaixador chinês, está furioso. Estes dois inconsequentes destruíram o seu principal objeto da exposição – disse, apontando para Le Chevalier e Persa.

— As circunstâncias...

— Eles nos acusaram de espionagem industrial e perfídia – continuou, interrompendo o Major com um gesto. – Disseram que a Exposição não passa de um embuste para atrair as potências estrangeiras com a intenção de lhes roubar os seus segredos.

— Ora, isso é um absurdo! Nós apenas...

— E acusaram diretamente o Bureau por tais maquinações – acrescentou, com um sorriso largo se espalhando pelas faces arrui-nadas. – O General Armand não está nada satisfeito – garantiu-lhes.

O Major Valois calou-se, passando a língua pelos lábios res-sequidos.

Desjardins examinou os seus papéis, enumerando-os enquanto falava:

— Um assassinato não resolvido. Uma lancha destruída. Brigas no Port de la Bourdonnais. Um atentando a uma potência estrangeira. Céus, Le Chevalier! – disse, com um fingido ar de surpresa. – É uma coleção de desatinos capaz de envergonhar os doutores do Hotel des Invalides!

Somente o silêncio seguia a esta declaração, e ele balançou a cabeça antes de continuar:

— Eu lamento muito, mas acredito que o melhor para todos seja que você se afaste deste caso, Cavaleiro – anunciou, enquanto largava o relatório com estardalhaço em cima da mesa e entregava uma carta para o Major, que agarrou o documento com uma rispidez que não passou despercebida aos olhos pequenos de Desjardins.

Valois passou os olhos pelo ofício, antes de se virar.

— Eu não posso permitir – disse, finalmente. O seu gavião saltou imediatamente no seu ombro, abrindo e fechando as asas.

— Ah, não pode, é? – perguntou Desjardins, sem pressa. – E o Comissário compartilha de sua opinião?

Simonet quase engasgou ao ser incluído na conversa. Ele virou o rosto de um lado para o outro, recebendo apenas olhares hostis como resposta.

Engolindo em seco, ele baixou os olhos e sacudiu a cabeça.

— Foi o que pensei – disse Desjardins, satisfeito. – Então, como o senhor pode observar, Major Valois, eu tive a liberdade de...

Mas foi a vez de Valois interromper o diálogo:

— A operação ainda está sob minha jurisdição – disse rapidamente, terminando de consultar o documento. – E enquanto eu estiver no comando da seção, decidirei quem trabalha em qual missão.

Desjardins não pestanejou.

— Sua substituição pode ser providenciada – disse com suavidade.

— Não tenho dúvidas disso – suspirou Valois, buscando um grande carimbo na sua mesa e estatelando a tinta rubra no papel entregue por Desjardins. – Mas, até lá, eu ainda tenho o poder para negar o seu pedido.

Os dois se encararam por longos momentos. O ofício balançou lentamente nos dedos do Major, até que Desjardins arrancou o papel de suas mãos.

Com os passos duros, ele deixou o recinto sem se despedir. O Comissário o seguiu, com as faces rubras encarando os tapetes felpudos.

— Céus! – resmungou Valois, atirando-se contra a cadeira dura. Sua expressão era pensativa e exausta.

— O senhor não precisava fazer isso, Major – comentou Le Chevalier com os olhos brilhando.

— Não fique tão presunçoso, Cavaleiro – resmungou Valois, sombrio. – Desjardins tem sido uma pedra no sapato da Seção há mais tempo do que você pode imaginar. Era só uma questão de tempo, até que entrássemos em rota de colisão.

— Bem, de qualquer modo só tenho a agradecer pelo apoio da Seção aos nossos esforços – declarou Le Chevalier, levantando-se e fazendo uma longa mesura ao Major, gesto acompanhado imediatamente por Persa.

— Me agradeça resolvendo toda esta confusão – disse Valois, pedindo a seguir: – E, pelo amor dos anéis da Imperatriz, não me arranje mais problemas! Seus passos serão observados com uma lupa nos próximos dias.

Le Chevalier abriu um sorriso cheio de significado enquanto apontava para o maço de papeis que Desjardins deixara na mesa do Major:

— E quando foi que eles não foram, *mon ami*?

12

Com os movimentos precisos de um relojoeiro suíço, Le Chevalier ocupava-se de modificar a luva mecânica presenteada por Juliette. Auxiliado por uma potente lâmpada galvânica que mandara instalar em sua mesa de trabalho, ele acoplou uma pistola Laumann de três tiros no mecanismo e aumentou o trem de relação alta. Depois de fechar os dedos de cobre, ele ajustou o botão de disparo e instalou o tambor na mola retraída. Então, repuxou a manga da camisa de linho branca e amarrou o lançador no antebraço nu com duas tiras de couro, ajustando as fivelas.

Ele se levantou e testou o novo lançador. Com uma pequena pressão do antebraço, as molas se distenderam e a luva mecânica impulsionou a pistola diretamente para a sua mão.

Satisfeito, ele rearmou o mecanismo, conferiu as garras duplas no outro braço, e abriu as portas de um closet que se estendia para ambos os lados. Vasculhando a arandela, descartou rapidamente disfarces de brocados, cetins e cores espalhafatosas. Também ignorou os uniformes talhados de galeões que pareciam pesar sobre o peito. Por fim, separou duas vestes e acabou se decidindo por uma casaca formal imaculadamente branca e uma cartola de feltro fornecida pelo Bureau. Com o nó dos dedos, ele testou a afiada borda metálica do chapéu e ficou satisfeito com o som tilintante.

Então, voltou-se para o espelho duplo que importara de Turim.

— Mas o que você está vestindo?

Era Persa, que abrira a porta com um charuto nos lábios e uma expressão curiosa nas faces.

Le Chevalier acabou de amarrar o laço branco e colocou o casaco cortado na frente, jogando displicentemente as abas traseiras para trás. Ele se mirou mais uma vez no espelho rococó, com um olhar avaliativo. Depois de ajeitar o cabelo, ele espanou as calças, também brancas, e pôs-se a arrumar a gravata borboleta.

—Trajes oficiais. Nós precisamos nos misturar à multidão no Palácio das Tulherias, Persa. Nossos convites estão sobre a mesa.

Persa franziu o cenho e deu uma olhada nos cartões dourados que emolduravam o criado-mudo:

— *Monsieur Dezirre* e *Monsieur Drogbah* – leu, reclamando com desdém: – Nomes ridículos. E ainda quer que eu me vista como um pinguim albino? Nem pelas joias imperiais, *mon ami*.

— A decisão é sua. Mas sem um fraque completo, não poderá entrar no salão imperial – disse, alfinetando a gravata com um broche de madrepérola e escondendo uma segunda pistola Laumann no bolso interno do paletó.

— Ora essa! Como se eu estivesse interessado em ir nessa recepção de grã-finos. Gente esnobe e sem educação. Grossos e deturpadores da paz pública. Instiladores da miséria humana!

— Você sabe que a recepção é um *jantar*, não sabe? – interrompeu Le Chevalier, pescando a sua bengala formal e testando rapidamente o mecanismo que dispensava a fina lâmina mortal do seu interior.

Dez minutos depois, o Cavaleiro e Persa, trajando um fraque completo, subiram pelos degraus do subterrâneo da Gare Saint-Lazare e alugaram um tilbury depois de uma leve discussão (– Por que não vamos na *locomotive*, como pessoas civilizadas?; – Porque a recepção começa em meia hora e o próximo monotrilho só nos deixaria vinte minutos depois disso.; – Mas isso cheira a cavalo!; – É claro, já que é puxado por dois. Entre, Persa!).

Entre resmungos entrecortados pelas baforadas de um charuto, a elegante carruagem os deixou na frente do Palácio das Tulherias.

Le Chevalier já havia estado em recepções antes; por mais de uma vez ele fora encarregado da segurança do Imperador em terras estrangeiras, ou precisou executar pequenos serviços durante os remeleques de anfitriões incautos de potentados distantes. No entanto, nada o preparara para a opulência planejada por Napoleão III em relação à recepção que antecedia a abertura da Exposição Universal.

O Palácio do Jardim das Tulherias parecia ter sido esculpido em cristal, tamanha a quantidade de luzes que pipocavam em seu interior. Bailarinos graciosos escorregavam seus patins afiados em lagos artificialmente congelados pelas máquinas de Jacob Perkins; à distância, era como se sereíades e ninfas tivessem ganhado vida e circulassem pelos jardins que antecediam o palácio, convidando os agraciados a se juntarem às festividades. Os convidados se aproximavam por um túnel, onde flores lilases competiam com arranjos de orquídeas manipuladas biologicamente para desabrochar em vermelho, branco e azul. Fogos de artifício espocavam no ar, de tempos em tempos, arrancando aplausos tímidos dos dignitários e vivas calorosas da multidão que se acotovelava do lado de fora – ávida por ter um pequeno vislumbre do que acontecia lá dentro. Máquinas monstruosas, habilmente escondidas atrás de sebes altas, trituravam o gelo e lançavam cortinas de fumaça esbranquiçada, dando um aspecto leitoso e fantasmagórico ao palácio.

Le Chevalier e Persa encontraram o Major Valois na entrada do palácio. Suando e atarefado, o velho soldado aparentava ter envelhecido uns dez anos no último dia.

LE CHEVALIER   [117]

— Como está, Major?

Distraído, ele levou vários momentos para reconhecer o espião em seu disfarce.

— Não me pergunte, Cavaleiro – resmungou ele, falando baixo, enquanto o seu drozde gavião erguia o pescoço, vigilante. – Eu tenho mais de quatrocentos e trinta soldados, o que parece muito, mas há quase 5000 convidados e a mesma quantidade de bailarinos, cozinheiros, garçons, lacaios e sabe-se lá mais o quê. Além disso, cada dignitário que chega parece não gostar dos lugares que nós reservamos, e eu acho que a coisa toda vai explodir. Se terminarmos esta noite sem uma declaração de guerra, já vou me dar por satisfeito!

— Ou seja, o pesadelo esperado.

— Exato, mas esta não é a pior parte – acrescentou, com um gesto brusco.

Mas Valois não precisou se explicar: um *fué* estridente de um marreco mecânico precedeu a chegada de um sujeito trajando um fraque azul-escarlate, segurando uma prancheta que examinava por trás de pequenos óculos pincenê.

Era o *Monsieur* Gaston, que mal cumprimentou os espiões do Bureau antes de tagarelar:

— Major, nós precisamos rever a mesa 128. Parece que a filha da Marquesa de Faguet se sentiu incomodada, porque a prima da Baronesa Nohant, que está na mesa ao lado, está trajando um vestido no mesmo tom. E o Conde Brunetière já solicitou duelo com dois dos convidados. O melhor seria levarmos o velho senil para uma mesa só de mulheres. E...

— Com licença – resmungou Valois, levando Gaston para longe.

— Coitado do Major – resmungou Persa, balançando a cabeça.

— Deveras. Mas vamos, precisamos nos apressar. Quero inspecionar o salão antes da chegada do Imperador para o seu pronunciamento.

— Perfeitamente. É onde estão os garçons, não é? Vamos. O que está esperando?

E Persa os liderou para dentro do corredor, atravessando, com passos lépidos, as fantásticas portas do Salão dos Espetáculos. Ele estava prestes a ingressar no recinto, quando foi seguro por um homem que guarnecia a entrada, vestido de cima a baixo como um dos antigos bufões medievais:

— Espere, *monsieur* – disse o homem, consultando uma extensa lista.

— Com mil cogumelos! É aquele arauto almofadinha, mais uma vez!

Os dois se encararam, e uma tempestade elétrica se formou entre seus olhos. Mesmo maior e muito mais forte, Persa não conseguiu se livrar da mão do arauto, que agarrava seu braço.

— Todos os convidados precisam ser anunciados! – declarou o arauto.

— Nós estamos em missão secreta, seu cabeça de *escargot*! Não vamos ser anunciados!

— Este é o protocolo, *monsieur*! Todos são anunciados! – repetiu o arauto, mantendo a sua posição.

Antes que o temperamento cáustico de Persa pusesse tudo a perder, Le Chevalier resolveu intervir:

— Nossos convites – disse, entregando-lhe os cartões.

O homenzinho leu rapidamente os nomes e parecia prestes a perguntar alguma coisa, mas o olhar que Le Chevalier lhe lançou pareceu convencê-lo de que esta não era uma boa ideia. Ajeitando os trajes espalhafatosos, ele deu um passo à frente e anunciou:

— *Monsieur Dezirre* e *Monsieur Drogbah!*

Persa franziu o cenho, irritado. Ele arrancou uma taça de champanhe que era passada por um garçom desavisado antes de reclamar:

— Eu não sei o porquê de todo este alvoroço – resmungou, olhando para os lados e bebericando com sofreguidão. – Tem mais soldados aqui dentro do que palitos em uma caixa de fósforos. Ninguém seria estúpido o suficiente para atacar em condições tão desfavoráveis.

— Pode ser, *mon ami*. Mas precisamos ficar de olho. Venha, vamos nos separar. Faça a volta por este lado, que eu a farei pelo outro. Nos encontraremos lá, no centro, junto à orquestra.

— Tudo bem – concordou Persa, afastando-se.

Le Chevalier andou calmamente por entre os convidados, notando o comportamento destes ao tomar seus assentos previamente marcados. Havia condes, marqueses e barões para todos os gostos; provavelmente, metade da realeza europeia estava por ali. Tiaras, almofadas e arames espetavam a cabeça da maioria das mulheres, ostentando penteados rígidos, presilhas e flores.

Em um canto, a própria Rainha Vitória esperava, cercada pelos seus admiradores. Um pouco afastado, escondido entre as sombras, ele notou a figura atenta de Basil. Sorriu para o agente, mas continuou procurando. Não eram os ingleses que o perturbavam agora.

A presença esquiva da agente Nancy Drew precedeu as acomodações da delegação americana – a cadeira de rodas mecânica de Abraham Lincoln, consequência de um atentado mal sucedido no Teatro Ford, resfolegava e chacoalhava, lançando pingos de óleo no chão. Ele conversava com Vitor Emanuel, Rei da Itália e Sardenha, observados atentamente por Castafiore, a lírica agente italiana. Do outro lado, José Gaspar, o agente espanhol, rodopiava a flor branca em sua lapela enquanto discutia acaloradamente com a sua rainha, Isabel II.

Apesar do disfarce, Le Chevalier recebeu acenos conspiratórios de John Fedora, o católico espião Irlandês, e Trajano de Carvalho, que escoltava o Imperador Pedro II, do Brasil. Embora sem querer, se viu procurando por Alexandra, mas não a encontrou junto ao *tsar* Aleksander Romanov.

Ele continuou rodopiando pelo salão, até se postar ao lado de Persa, que parecia absolutamente desgostoso.

— O que houve?

— Você acredita que o Imperador proibiu o uso de cigarros e charutos no Salão dos Espetáculos? Disse que a fumaça poderia quebrar o aroma das especiarias que ele mandou importar do Oriente. Ora, vejam só! Quanta baboseira! E um desses garçons teve a ousadia de recolher a minha carteira! Diabos de roupas negras! Defuntos surripiadores de tabaco!

— Alguns têm dito que o tabaco e seus assemelhados fazem mal para a saúde – ponderou Le Chevalier, ainda observando o Salão. – O Dr. Darwin tem escrito...

— E o que aquele adorador de macacos de meia-tigela sabe sobre os prazeres de um charuto Romeo e Julieta? Como ele ousa discorrer sobre a diferença entre um cigarro *Habana* e um *Upmann*, se acredita que somos parentes de primatas e seus rabos enrolados?

Le Chevalier apenas lançou as mãos para o alto.

— Ora essa! – resmungou ele, em tom conclusivo. – Macacos me mordam!

O mico drozde o fitou, com curiosidade.

Neste momento, as cortinas do paço imperial se abriram e Napoleão III e a Imperatriz Eugénia surgiram, sob ovação geral. Mais atrás, o médico imperial, *monsieur* Pasteur, conduzia o príncipe e herdeiro Napoleão Eugénio. Depois que os aplausos cessaram, o Imperador se aproximou de uma máquina reluzente que exibia em seu topo um cone invertido e começou a discursar:

— Senhoras e senhores! – disse, e sua voz foi amplificada por aquele aparelho infernal, reverberando em todo o salão, como se o Imperador tivesse o som de cem tenores.

— Pelas orelhas de abano de Bonaparte! Que máquina bestial é essa?

— Deve ser algum construto de Martinville, imagino.

— Aquele baixinho que inventou o phonautographo?! O desgraçado ainda vai arrancar nossos tímpanos!

Não obstante, o Imperador continuava:

"Sejam bem vindos a Paris, a Capital das Luzes e, a partir de amanhã, do Mundo!"

Aplausos. O seu pavão drozde abriu as asas, exibindo uma pintura especialmente feita por Monet para a ocasião.

"Os esforços de quatro anos culminaram no grande palácio ovalado que será aberto amanhã, com a missão de promover o progresso e a paz. O príncipe Jerome Napoleão Bonaparte II não mediu esforços..."

Le Chevalier parou de prestar atenção. Seus olhos esquadrinhavam o Salão, atrás de qualquer indício que pudesse antecipar um atentado. No entanto, salvo um ou outro comentário em voz baixa, todos pareciam estar atentos às palavras do Imperador.

"... não podemos deixar de agradecer às incríveis habilidades do *ingénieur* Banks e do *monsieur* Challenger, sem as quais o Campo de Marte ainda estaria encharcado pelo lamaçal..."

Persa soltou um bufar alto, resmungando:

— Estragaram o melhor campo de marrecos de Paris. Uma lástima!

"...e a Exposição elevará o espírito humano e empreendedor de seus visitantes, contribuindo para a divulgação da ciência em prol da humanidade como um todo, sem esquecermos..."

Do outro lado do Salão, alguém se levantou. Com um movimento rápido, Le Chevalier calçou os seus goggles e girou o dispositivo. A visão ampliada lhe permitiu reconhecer imediatamente a figura que se despedia da mesa.

— Venha – disse para Persa. – É o Conde.

Os dois homens circularam pelo Salão com o máximo de velocidade que não fosse considerado ofensivo, apesar do arauto que permanecia na entrada gesticular para que eles parassem. Eles passaram por ele como um borrão e alcançaram o corredor bem a tempo de ver o Conde Dempewolf desaparecer em uma sala.

Ao fundo, a voz do imperador ainda ressoava:

"... as maravilhas tecnológicas da *Academia de Sciences*, da Academia dos Linces e do Instituto Real..."

Le Chevalier tomou a dianteira e abriu a porta.

O Conde Dempewolf estava em pé, acendendo um charuto.

— Ah, Le Chevalier, eu presumo – disse, tirando uma longa baforada com um sorriso fraco. – Irritante a proibição do fumo no Salão, *ist es nicht*[35]? Só os meus charutos para aguentar a baboseira daquele seu Imperador.

— Ora, seu...

— Não, Persa – pediu Le Chevalier, segurando o seu amigo. A porta se fechara, abafando as vozes lá fora. – O Conde tem passaporte diplomático na França.

O Conde lançou um olhar feroz para Persa.

— Mantenha seu animalzinho de estimação na coleira, meu amigo.

— Bandido! – gritou Persa, fazendo menção de puxar o sabre. – Deixe ele comigo, Chevalier! Deixe ele comigo, que ele há de passar um mau quarto de hora!

— Eu disse chega! – exclamou o cavaleiro em seu tom mais duro.

Persa bufou como um grande cão, mas não ousou contrariar o colega.

— Que interessante – comentou o Conde, e seus lábios encresparam-se ligeiramente em um sorriso zombeteiro. – Você pode ensiná-lo a rolar, deitar...

— Patife miserável! Eu deveria...

— Persa! Mantenha a guarda lá fora, por favor. Não deixe ninguém entrar.

— Mas esse malfeitor...

35 - Não é mesmo?

— Eu sei! – interrompeu Le Chevalier em um tom contemporizador. – Mas, no momento, apenas faça o que eu pedi, certo?

Persa ajeitou o fraque e lançou um olhar assassino para o Conde antes de se retirar, batendo a porta atrás de si.

— Vocês deviam ensinar melhor os seus soldados. O comportamento desse homem... – disse o Conde, acompanhando a saída de Persa com o olhar. – Ele parece bem desequilibrado.

— O que você está fazendo aqui?

— Ah, um homem direto. Gosto disso. Realmente gosto. Torna as coisas mais simples, não? Aceita um charuto?

Le Chevalier não moveu um músculo, e o Conde apenas tirou uma nova baforada, guardando a cigarreira dourada no fraque.

— Bom, o que estou fazendo aqui? Simples. Eu fui convidado. Vim jantar.

— Achei que gostaria de manter as coisas simples.

— Oh, mas elas estão simples. Absolutamente simples. Eu recebi um convite pela embaixada e, devo acrescentar, agradeço a lembrança. Nunca imaginei que seria convidado, mas, enfim, vocês pediram e eu aqui estou. Não há mais nada. Simples.

— Simples como um pescoço quebrado – rosnou.

— Oh, mas que coisa desagradável. Esses assuntos não deveriam ser tratados em ambientes festivos, Cavaleiro – completou o Conde, balançando a cabeça. – Está falando daquele pobre homem que encontrou seu fim nas docas, não é? Li qualquer coisa no jornal. Terrível. Vocês deveriam policiar melhor sua capital. Bandidos andando impunemente são uma terrível propaganda. Se estivesse mais interessado na sua cidade do que em acrobacias por aí...

— Acrobacias? – repetiu Le Chevalier, erguendo uma sobrancelha.

— Acrobacias?! Eu disse isso? Acho que não. Com certeza, não.

Os dois se encararam por um momento até que o Conde apagou o charuto.

— Bem, acho que o discurso do seu imperador já deve estar

terminando, o que é uma benção. Mais um pouco e o apetite de nossos colegas sofreria graves consequências, o que seria uma...

Mas o Conde foi interrompido por uma confusão no lado de fora. Brados e empurrões se seguiram por alguns segundos até que a porta irrompeu em estardalhaço: sob a soleira estavam o cavalheiro que acompanhava o Conde, Persa, dois soldados e o Supervisor Desjardins em pessoa.

— Ora, mas o que temos aqui!

— Veja, *Monsieur* Desjardins – disse o cavalheiro, em um francês carregado. – Este homem guardava a porta, enquanto o Conde Dempewolf era achacado por este terrível policial. Devo lembrá-lo que o Conde é um diplomata reconhecido pela chancelaria francesa!

— Não tenho dúvidas, não tenho dúvidas – repetiu Desjardins com um sorriso afetuoso. – Senhor Conde, mil perdões por esta inconveniência.

O Conde apenas assentiu com um sorriso.

— Bom, meu caro Le Chevalier, acho que a nossa última conversa não teve o efeito esperado, não é mesmo? Por favor, você e seu lacaio, entreguem-me as suas credenciais.

— Lacaio?! LACAIO! Eu...

— Agora não, Persa – ralhou ele, virando-se para Desjardins. – Você não pode nos suspender.

— Com um flagrante delito, eu posso sim, patife – disse Desjardins, por entre os dentes cerrados. – Valois pode contradizer minhas ordens, se quiser. Mas somente amanhã, após despachar o ofício em três vias e ele ser analisado pelos canais competentes. Imagino que o protocolo seja analisado em uma ou duas semanas.

Persa começou a balbuciar:

— Duas... duas semanas...

Desjardins parecia estar se divertindo imensamente:

— É. Duas semanas – repetiu, levantando dois dedos da mão como se estivesse falando com uma criança.

Então, ele estendeu o braço e os soldados que o acompanhavam engatilharam as armas.

Le Chevalier fez um sinal de concordância para Persa, que entregou seus papéis com relutância.

– Bom, *auf wiedersehen*[36], cavalheiros – se despediu o Conde, com um imenso sorriso nas faces. – Com suas licenças, tenho um jantar para participar.

Desjardins acompanhou o Conde, deixando os dois a sós.

– Ele está conspirando com os prussianos! Eu sabia!

– Não creio, Persa – divergiu Le Chevalier. – Ele é um idiota, mas não é um traidor. Apenas viu a oportunidade de executar uma pequena vingança pessoal.

Persa marchou até a porta com os passos duros; do lado de fora, um exército de garçons e lacaios infestava os corredores para servir o jantar.

— O Imperador já se acomodou – resmungou na porta, enquanto Le Chevalier andava de um lado para o outro, pensativo. – Eles estão jantando. Você viu o que eles estão servindo?

— Há algo errado aqui – murmurou Le Chevalier.

— *Pâté chaud de cailles! Hornard à la parisienne!*

— Por que o Conde está na recepção? Por que ele se arriscaria a estar presente durante um atentado contra a vida do Imperador?

— *Sorbets au champagne.* E os vinhos! *Madére retour de l'Inde! Xerez! Châteaux d'Yquem!*

— Ele seria feito em pedaços. Há centenas de soldados e oficiais. Algum deles poderiam perder a cabeça ao ver o seu Imperador sendo assassinado.

— Será que eles se importariam em nos servir? Decerto que não. Acho que vou chamar um dos garçons e perguntar.

Persa deu um passo para fora e interrompeu a passagem de uma assistente que carregava uma grande bandeja.

36 - Adeus.

— Minha amável senhora, seria pedir muito se pudesse arranjar um repasto para dois trabalhadores do serviço...

PLAFT!

O tapa pegou Persa de surpresa. Engolindo a própria estupefação, ele deu um passo para trás, com uma das mãos na face dolorida.

— Isso é pelos trabalhadores com cólera no Egito! – vociferou a mulher, pisando duro enquanto o seu coque esquisito de duas pontas balançava de um lado para o outro.

— Mas eu estou cercado por débeis mentais!

— Vamos! – exclamou Le Chevalier, decidido, saindo porta afora.

— Vamos? – repetiu Persa, esfregando a face avermelhada. – Ótimo. Nem acredito que tenha ouvido isso de você. Ei, espere, aonde você está indo? Este não é o caminho para o Salão dos Espetáculos.

Persa parecia absolutamente revoltado enquanto gritava:

— Volte, Le Chevalier! Eu vesti o fraque, não vesti? Você me deve um jantar! Ora, isso é um desaforo!

13

Rua du Pot de Fer. Casa do Conde Dempewolf.

Do beco escapava um ar fétido, uma mistura de lixo em decomposição, restos de coque e urina de gato, alimentada pela primavera chuvosa que escorria entre os tijolos e fermentava o caldo enegrecido. Escondido dos lampiões que iluminavam a rua, Le Chevalier alterou o dispositivo do seu goggles mais uma vez. Uma tênue luz esverdeada cobriu as lentes, facilitando a visão durante a madrugada parisiense.

Ao seu lado, Persa resmungava, ainda irritado por ter perdido o farto repasto no Palácio das Tulherias.

— Me diga de novo: o que viemos fazer aqui?

— Vasculhar a casa do Conde – respondeu Le Chevalier, dando corda no seu corvo drozde, que parecia cansado.

— E por quê?

— Porque ele está na recepção.

— Além do motivo óbvio dele não estar aqui, por que vamos fazer isso?

— Porque não haverá atentado. Não esta noite, pelo menos. Ele não arriscaria os seus belos ternos – zombou Le Chavalier. – A população poderia linchá-lo.

— Não sem razão. E o que vamos procurar?

— Qualquer coisa. Precisamos descobrir qual é o segredo que o Conde está mantendo que justifique ele assassinar um de nossos agentes.

— Que Deus tenha piedade do pobre Pinar...

— Você o conhecia?

— Claro que não! Mas morrer nas mãos do Acrobata, aquele animal nojento e...

— Veja! - cortou Le Chevalier, apontando para o belo sobrado de dois andares onde o Conde se instalara em Paris. – Há dois vigilantes. Um ali, circulando no jardim e outro lá em cima, no terraço do segundo andar.

Persa esticou o pescoço atarracado, abrindo o colarinho do fraque para poder respirar melhor.

— Bom, a nossa excursãozinha promete ser animada – resmungou.

— Você intercepta o vigia do jardim. Deixe o de cima comigo, certo?

Um rosnado curto foi a única resposta.

— Eu vou me aproximar pelo edifício ao lado. Não faça nada antes de eu estar em posição.

Novo resmungo.

— Boa sorte.

Persa ainda permaneceu em silêncio um bom tempo, antes de se recriminar:

— Ora, que ideia patusca. Por que trombas d'água vim me meter nesta fria?

Enquanto ele resmungava, Le Chevalier avançou pela Rua

du Pot de Fer. Afastando-se dos lampiões a gás, ele manteve o escandaloso fraque branco longe dos olhos dos inimigos ao deslizar pelas calçadas de pedra com passos tépidos. Depois de ultrapassar o sobrado do Conde, ele atravessou a rua deserta e se aproximou de um edifício de três andares, guardado apenas por uma elegante grade de ferro.

Seguindo a nova tendência daquele final de século, não havia porteiros no edifício. Os empregos haviam sido substituídos pelos comunicadores de cobre, adaptados dos projetos dos modernos submersíveis da Marinha Imperial.

Le Chevalier se aproximou do sistema de comunicação e passou os olhos pelas plaquetas engastadas em cobre que numeravam a série de bocais. Depois de examinar rapidamente os tubos, ele escolheu o bocal 23 e abriu a tampa, assobiando rapidamente.

Momentos depois, uma voz roufenha gritou, escarrando enquanto falava:

— *Qui est?*

— *Qui est là?*

— *Drogue! C'est heures?* [37]

Com um estampido metálico, o velho, acordado no meio da madrugada, fechou o bocal com violência e o silêncio alcançou novamente o corredor do edifício.

Le Chevalier esperou mais alguns momentos e tentou novamente, assoviando no número 25.

Ele aguardou vários segundos, mas não houve resposta, mesmo após chamar novamente. Ou não havia ninguém, ou o sono de seus ocupantes era muito pesado. Fosse qual fosse a resposta, ela servia aos seus propósitos.

Sem perder tempo, ele sacou uma pequena caixa de marroquim do fraque, retirando uma gazua comprida que enfiou na fechadura da grade de ferro.

---

37 - Quem é?; Quem está aí?; Droga, a esta hora?

Em menos de dois segundos, o Cavaleiro já escapulira para dentro do edifício.

A construção era moderna: deveria ter uns vinte anos ou menos. Os corredores compridos, em tons avermelhados, combinavam com os lustres dourados e as portas decoradas dos apartamentos.

As botas brancas afundaram no tapete macio à medida que ele alcançava o segundo andar. Com os passos rápidos e silenciosos, ele encontrou o número 25 e forçou a fechadura, desaparecendo no interior vazio do apartamento.

Le Chevalier soltou a respiração, enquanto o silêncio do cômodo preenchia os seus sentidos e a sombra dos móveis formava uma silhueta pela fraca luz noturna que invadia as janelas acolchoadas pelas pesadas cortinas. Ele esperou, atento a um ressonar ou ronco que indicasse a presença de mais alguém no apartamento, mas sua espera foi em vão.

Confiante, atravessou a sala, desviando-se do conjunto de sofá e poltronas rococó que descansava no meio do recinto, até alcançar as janelas. Com a ponta enluvada dos dedos, ele balançou a cortina, deixando que uma nesga da luz noturna penetrasse no apartamento. Por alguns momentos, ele apenas observou o sobrado do Conde.

A construção de dois pisos, em tom salmão, datava do final do século XVII. Dois torreões avançados cercavam a entrada: iluminados pelos lampiões públicos, as janelas quadriculadas jaziam opacas, atrás de graciosas anteparas de ferro. No alto, as sacadas formavam um conjunto sinuoso, que dava origem a um amplo espaço no segundo andar. O jardim suspenso, mobiliado com esteiras turcas e cadeiras ossudas, era utilizado pelo Conde para o chá das cinco, hábito adquirido quando exercera a função de embaixador em Londres. Durante a madrugada, somente o vigia noturno ocupava o espaço, a batida seca das suas passadas ecoando entre as corujas que habitavam o jardim.

O telhado, cinza como uma mortalha, era recortado pelas curtas janelas de meia lua, que apareciam ali e acolá. Local de descanso noturno dos empregados, o sótão baixo se espalhava em formas piramidais, finalizando o belo arranjo arquitetônico do sobrado.

Le Chevalier analisou as passadas do vigia enquanto desrrosqueava a sua bengala de prata; ele não se espantou ao notar o ritmo metódico do soldado de negro, que andava de um lado para o outro como o compasso de um relógio. Enquanto calculava mentalmente o tempo que teria para alcançar o telhado, o cavaleiro retirou da bengala um arpéu, cuja argola estava fixa a uma corda fina, porém resistente. Com os movimentos delicados, ele abriu a janela e fez um sinal para o drozde.

O corvo metálico voou placidamente até o seu ombro. Já acostumado com o trabalho do amo, ele agarrou o arpéu com as suas garras metálicas. Le Chevalier fez um sinal e o drozde de bronze alçou voo, a carretilha na bengala girando, veloz, enquanto o pássaro planava até o furta-água que separava o telhado das paredes. O corvo prendeu o arpéu e Le Chevalier testou a sua firmeza, puxando a corda com força.

Então, ele esperou. O vigia veio e retornou mais duas vezes, repetindo os mesmos gestos, como se estivesse entediado. Na terceira vez em que o soldado se afastou, Le Chevalier saltou para o vazio.

A distância entre o edifício e o sobrado não era longa; uns cinco ou seis metros, talvez. No entanto, pendurado a doze metros do chão, a distância se tornava esmagadoramente pior. Utilizando os pés para se balançar como em um pêndulo, ele balançou com vigor, até alcançar a sacada. Então, com um clique agudo em sua bengala, ele soltou a corda e saltou, voando por uns três metros até cair e rolar no chão da sacada.

Não havia como fazer aquele salto de forma imperceptível. Ele mal alcançara o chão quando ouviu os passos do vigia retornando em alta velocidade, a desconfiança despertada pelo barulho incomum.

Le Chevalier levantou-se como se tivesse sido chicoteado. Neste momento, o vigia o alcançou, apontando o rifle de repetição tripla.

Foi uma péssima ideia, pensou o Cavaleiro, se permitindo um sorriso. A arma tinha uma precisão mortal e era ótima para uma guerra, mas aquela era uma briga. O rapaz, que não devia ter mais do que uns vinte e poucos anos, era um soldado. Não era um pugilista.

Ele permitiu que o soldado engatilhasse nervosamente a arma, enquanto pescava o próprio chapéu. Com um movimento rápido, ele empurrou o comprido cano do rifle para o lado e acertou a aba metálica da cartola na têmpora do rapaz.

O jovem soldado revirou os olhos sem entender, antes de cair no chão. Sabendo que o golpe não seria o suficiente para mantê-lo desacordado por muito tempo, ele amordaçou e amarrou os braços e pernas do soldado, deixando-o no chão da varanda como um peru preparado para a ceia natalina.

Enquanto isso, o seu drozde segurava o rato metálico do soldado no chão, que se contorcia com toda a força das suas minúsculas engrenagens. Depois de cuidar do soldado, Le Chevalier pegou o rato. Era um modelo antigo, de fabricação russa, de doze linhas e meia e com apenas um trem de rodagem. Com os movimentos precisos, ele pescou uma pequena chave de trinir no bolso do casaco e soltou a mola da corda, paralisando o drozde. Era um defeito passageiro e poderia ser rapidamente consertado, mas, mesmo assim, o Cavaleiro sentiu-se desconfortável. Ele não tinha escrúpulos sobre a necessidade da sua missão, mas paralisar drozdes não lhe dava nenhum prazer.

O som grave de uma pancada lhe informou que Persa imobilizara o segundo vigia. Ao se aproximar da varanda colunada, ainda conseguiu ver o companheiro arrastar o corpo desacordado do soldado para o belo jardim que se espalhava na ala leste do sobrado. Ele fez um sinal para Persa, que se aproximou de uma das janelas do andar de baixo.

Após alguns minutos, os dois homens avançavam pelo sobrado, os passos curtos e os olhos atentos enquanto procuravam o escritório do Conde Dempewolf. Depois de passarem pela sala de jantar e o quarto de fumar, Le Chevalier trancou-se com Persa em um cômodo forrado de lambris escuros e capitaneado por um imenso lustre, que parecia ter sido arrancado de um salão nobre. A peça, muito maior do que a sala comportaria, devia espalhar luz suficiente para iluminar o paço de dança de um dos principados menores.

Havia uma escrivaninha em um dos cantos, abarrotada de papeis e apontamentos. Seja o que fosse que o Conde estivesse fazendo na França, era evidente que ele andava ocupado. Eles se aproximaram da mesa e passaram os olhos pelos armários embutidos que se erguiam atrás dela, alcançando o teto com volumes de capa de couro dos mais diferentes tamanhos e cores.

Le Chevalier se permitiu acender uma pequena luminária em forma oval. O som do gás fluindo encheu o ambiente até que a chama firmasse e um halo dourado iluminasse a mesa marrom escarlate.

— Verifique as gavetas – sussurrou para Persa, que se pôs a abrir cada uma com os dedos hábeis de um batedor de carteiras.

Ele vasculhou cada um dos papeis com os olhos atentos, descartando a maioria deles no chão. Não havia motivo para ser sutil; com os dois vigias desacordados, era só uma questão de tempo até o arrombamento ser descoberto.

Havia contratos dos mais variados tipos ali. O Conde, com certeza, era muito ativo na defesa dos interesses de Bismarck. Além de diversas minutas contratuais, encontrou cópias do armistício assinado com o Imperador da Áustria no ano anterior e relatórios dos últimos movimentos do levante travado entre a Confederação Germânica do Norte na Itália. Apesar de importantes, não havia nenhuma novidade ali. A maioria era notícia antiga, que já havia sido intensivamente explorada pelos jornais.

"Tem que ter alguma coisa aqui" – pensou, frustrado.

Eles continuaram vasculhando febrilmente, abrindo pastas e

passando os olhos por montanhas de papeis, procurando qualquer detalhe fora do lugar, qualquer coisa estranha ou deslocada.

O Cavaleiro sentiu uma pontada estranha no estômago e o peso do fracasso atingiu os seus nervos. Ele se sentiu mal por um momento e, propositadamente, manteve os olhos longe de Persa, que continuava o trabalho de maneira estoica. O amigo era um sujeito reclamão, mas tinha um enorme coração. E ele o trouxera para uma situação potencialmente perigosa, aparentemente sem motivo algum.

— Veja isso! – exclamou Persa, desenrolando algo que parecia ser um grande mapa de túneis.

Le Chevalier torneou o pescoço, mas um símbolo estranho, gravado em um documento, chamou a sua atenção. Piscando os olhos, ele passou os dedos na flor de crisântemo dourada.

Ele puxou a folha, lendo-a rapidamente, enquanto o coração palpitava em seu peito.

— O que é isso? – sussurrou Persa.

— Um contrato de venda de arroz. Bismarck comprou toneladas do grão dos japoneses. E, veja, ele foi assinado na Concessão Britânica em Hankou!

— E daí?

— Eles estão passando fome, Persa. Você viu os trabalhadores na Exposição. A guerra destroçou os campos japoneses nos últimos anos. O Xogun Tokugawa só controla um pouco mais da metade das ilhas.

— Ora, aquela gente tem modos esquisitos. Você viu o jeito que eles comem? Com palitos! Isso não é coisa de gente civilizada. Nunca lhes apresentaram um garfo, não?

Le Chevalier ignorou as provocações e continuou:

— Este contrato é um embuste, Persa. Eles contrabandearam algo para cá. Você se lembra do que disse o Major? As cargas destinadas à Exposição são consideradas mala diplomática.

— Mas eu achei que os japoneses fossem nossos aliados! –

reclamou Persa. – Nós não temos uma missão militar lá? O Major Jacques Randon não está modernizando o exército no meio da guerra civil?

— Com certeza, mas veja este símbolo!

— O que é isso?

— Este é o símbolo do antigo império! Quem assinou a venda foi o próprio Imperador Meiji, inimigo do Xogum, nosso aliado!

— Mas que terrível fraternidade foi essa forjada entre o Conde e a realeza japonesa?! O que eles poderiam vender aos prussianos?

— Eu não tenho ideia, Persa. Mas duvido que o Bureau saiba que os navios japoneses estão sendo utilizados para contrabandear algo para os prussianos. E eu quero comer a minha cartola se essa carga não estiver sendo transportada pelas lanchas rápidas que o Conde comprou – acrescentou, lembrando-se do relato de Alexandra. – Nós só precisamos descobrir *para onde* esse misterioso carregamento foi levado.

— Não seja por isso – cortou Persa, com um grande e triunfal sorriso se abrindo no rosto enquanto abria os mapas que havia encontrado.

Le Chevalier passou os olhos pela intricada rede de túneis, até que a verdade lhe atingiu como uma bofetada: ali, circulada por um fio de tinta preta em uma caligrafia fina e rebuscada, uma engrenagem minúscula marcava o Centro Experimental de Desidratação Terrestre.

— A Exposição! – sussurrou, recebendo um aceno afirmativo de Persa. – Eles vão atacar a Exposição Universal!

Engolindo em seco, ele saltou da cadeira:

— Venha! – disse, enquanto dobrava os papeis e os escondia em um dos bolsos da casaca. – Está na hora de sairmos daqui.

Eles refizeram os próprios passos, escapando pela janela por onde entrara Persa. Em silêncio, percorreram o jardim bem cuidado do sobrado; Le Chevalier saltou a grade de ferro que o levou para rua, seguido rapidamente pelo companheiro.

— Nós precisamos chegar ao Campo de Marte – sussurrou.
– O Major...

— CUIDADO!

Das sombras escuras da cidade que se orgulhava do passado iluminista, uma adaga surgiu, o brilho afiado da lâmina ferindo as trevas como um corisco incendiário.

14

No instante em que a estranha voz ecoou na rua, Le Chevalier se virou e foi essa toda a sua sorte: o golpe que se destinava à sua nuca escorregou pelo couro cabeludo, apenas bagunçando os fios bem alinhados. Pela visão periférica, ele notou o corpo protuberante de Persa estatelado no chão, e uma nesga odiosa corroeu a sua mente por um momento.

— Juliette! – exclamou, procurando a garota cuja voz reconhecera. – Saia daqui!

A garota tentou fugir, mas o atacante foi mais rápido. Esguio como uma enguia, o vulto escorregou com os seus trajes negros pelas sombras até derrubá-la com uma rasteira. Juliette caiu pesadamente no chão, berrando de dor.

Le Chevalier não precisou mais do que um segundo para reconhecer o seu agressor.

— Acrobata – disse, lançando um olhar de desprezo que reservava para poucos escolhidos.

A figura em negro não respondeu e tampouco demonstrou

sinais de reconhecimento, mas limitou-se a dançar entre as sombras, os olhos brilhando por entre os furos da máscara de couro que ocultava a sua face.

O Acrobata saltou contra Persa, os seus dedos compridos arremetendo contra o mico drozde, que guinchava ao lado do legionário caído. Le Chevalier avançou, mas o ataque não passava de um embuste. O Acrobata se contorceu para o lado, gingando como uma cobra até saltar contra as suas costas, as mãos ossudas procurando a carne mole do seu pescoço.

Sufocando, Le Chevalier percebeu o próprio erro tarde demais. A garganta se fechou com o torniquete aplicado pelo Acrobata e sua visão obscureceu. Em um gesto desesperado, ele girou sobre os calcanhares e atirou-se de costas contra a grade do sobrado, tentando atingi-lo.

CLANC!

O Acrobata sibilou de raiva, e ele sentiu uma leve diminuição na pressão em sua garganta.

CLANC!

As unhas como garras de uma ave de rapina arranhavam o seu pescoço. Ele viu os pontos luminosos desfocarem, e Paris desapareceu atrás de um manto cinza até que...

CLANC!

Exausto, teve que fazer um último esforço, lançando o seu próprio corpo contra as grades com toda a força que lhe restava.

O Acrobata uivou de dor quando as suas costas trincaram junto às barras de ferro. Seus dedos escorregaram, e Le Chevalier se viu livre do abraço mortal.

Em um movimento que sua mente sabia ser lento demais, mas que seu corpo não conseguia acelerar, o Cavaleiro sacou a fina espada que jazia escondida na bengala prateada. No entanto, o Acrobata já desaparecera da grade, mesclando-se novamente nas sombras.

Le Chevalier piscou os olhos, tentando ignorar a dor que

rasgava a garganta enquanto acompanhava o movimento do assassino. O Acrobata sacou duas lâminas curtas da roupa de couro e avançou, girando no ar e empurrando para longe a estocada lenta de Le Chevalier, que precisou recuar.

O Acrobata avançou mais duas vezes e ele pouco pôde fazer além de tentar mantê-lo afastado com golpes a esmo, cortando o ar como um aprendiz que pegava um florete pela primeira vez. Na terceira, somente os punhos de aço espanhol bordados em sua camisa salvaram-no de ter o pulso aberto pela lâmina afiada do meliante.

Então, suas costas esbarraram na grade que cercava o sobrado e ele percebeu que não poderia recuar mais.

Trincando os dentes de dor e frustração, ele tentou uma manobra arriscada e estocou o Acrobata, mas sua lâmina só atingiu o vazio. Pelo canto de olho, ele percebeu a lâmina se aproximar da sua jugular quando um estampido seco explodiu junto aos seus olhos.

Ferido na têmpora, o Acrobata cambaleou para trás, sem entender, os seus olhos seguindo o mesmo caminho de Le Chevalier, que se ergueu em busca do seu misterioso salvador.

Na esquina, uma mulher com botas negras segurava um rifle Baranov. Ela soprou os cabelos dos olhos e fez mira novamente.

O Acrobata escorregou para o chão, forçando uma tampa de ferro que protegia as tubulações de esgoto. O segundo tiro atingiu um tijolo da rua alguns centímetros acima da sua cabeça. Sem emitir um som, ele escorregou para dentro do bueiro e desapareceu no seu interior.

Le Chevalier suspirou fundo antes de largar a fina lâmina e se segurar na grade do sobrado para se levantar. Um murmúrio degringolado surgiu ao seu lado e, logo, Persa acordava, pondo-se em pé.

— Pelas trevas de Hades! O que aconteceu?

— Eu salvei suas vidas, *tovarisch*[38] – disse Alexandra, aproximando-se com o casaco aberto, onde as duas pistolas faziam

---

38 - Camarada em russo.

companhia a uma carabina Krnk. O drozde lince rosnava baixinho, virando o pescoço de um lado para o outro, desconfiado.

— Nossas vidas? – repetiu ele, sem entender. – E por acaso eu tenho cara de quem precisa que alguém lhe salve a vida?

— Na verdade, tem sim, pequeno *shut*[39] – respondeu Alexandra, aproximando-se e olhando para baixo; com os saltos, ela deveria medir quase trinta centímetros a mais do que Persa.

— O Acrobata nos atacou, Persa – informou Le Chevalier, encarando a mulher com os olhos negros semicerrados.

— Aquele assassino? Aqui?! Desgraçado! Animal peçonhento! Onde está ele? Por que não o perseguiu?

— À vontade, meu amigo – disse, apontando para a minúscula tampa do bueiro.

— Raios! – vociferou, se virando para Alexandra com uma pose interrogadora: – O que *você* está fazendo aqui?

— Além de salvar as suas vidas? – repetiu a espiã, sorrindo. – Vocês saíram de uma maneira um tanto intempestiva do jantar.

— Eu que o diga – reclamou Persa, lançando um olhar feio para o amigo.

Alexandra se virou para o agente:

— Resolvi segui-lo. Não imaginava que tencionava assaltar a casa do Conde ou ser atacado pelo Acrobata. Aliás, está perdendo o jeito, meu amigo... – comentou, encarando o Cavaleiro com um olhar de lado. – Para quem já pôs a ferros o Dínamo Escarlate e Madame Raven, o Acrobata não deveria lhe dar tanto trabalho.

Le Chevalier lançou-lhe um olhar frio antes de dirigir a atenção para Juliette.

— Muito bem, garota. Está na hora de algumas explicações – disse, aborrecido. – Por que estava me seguindo?

— Eu não estava seguindo você – resmungou ela. – Eu estava vigiando a casa do Conde.

---

39 - Bufão em russo.

Houve um momento de silêncio, onde o espanto da revelação passou entre as faces assombradas de Persa e Le Chevalier.

— A casa do Conde – repetiu o Cavaleiro. – O que você tem a ver com esse sujeito?

— Ele matou o meu tio.

Le Chevalier piscou os olhos, processando o que tinha acabado de ouvir. Então, reuniu as informações como quem coleciona as últimas peças de um quebra-cabeças.

— Seu tio era relojoeiro *e* mecânico. Ele morava no litoral, mais precisamente em Nantes. Ele morreu na explosão da oficina.

A garota confirmou com um aceno seco, enquanto uma lágrima escorregava pelas faces sujas:

— O Conde tentou contratá-lo para um trabalho, mas o meu tio expulsou o sujeito. Nunca soube que trabalho era esse, ele não quis me contar, mas o tio ficou muito irritado e preocupado depois disso. As portas e janelas eram trancadas assim que a noite chegava e eu não podia sair de casa.

Ela engoliu um soluço antes de continuar, cada palavra parecia lhe arranhar a garganta, como se estivesse regurgitando fel:

— Uma semana depois, eu tive que buscar uma encomenda no correio. Quando voltei, a oficina estava em chamas. Eu vi... eu ouvi o meu tio gritando lá dentro.

Persa abriu a boca em choque e seus olhos adquiriram um terrível brilho escarlate. Ele se aproximou da garota como se pudesse protegê-la com o próprio corpo, tremendo de raiva e indignação.

— Eu tenho certeza que foi aquele maldito – concluiu ela.

— Uma jovem como a *mademoiselle* não deveria cultivar sentimentos tão negros em seu coração – comentou Persa, entristecido.

— Você não sabe de nada – respondeu ela choramingando, encolhendo os braços contra o corpo.

— A denúncia anônima – interrompeu Le Chevalier, numa súbita inspiração.

— Anônima o raio que o parta! – vociferou a garota, revelando no rosto toda a sua frustração, enquanto esfregava os olhos dourados. – Eu contei tudo para polícia; dei todos os detalhes, mas os oficiais ficaram rindo de mim!

— O Bureau prestou atenção – disse ele, entristecido. – Mas o testemunho de uma criança...

— Eu não sou criança!

— De uma jovem... – corrigiu-se rapidamente –, teria pouca valia num tribunal. Mas suas suspeitas não foram ignoradas. O Conde foi colocado sob vigilância.

— Eu sei. Aquele agente esquisito com um drozde coruja, não é? Foi o que morreu nas docas, não foi?

— Sim, infelizmente. Com o assassinato do agente Pinard, eu fui chamado. Mas como você...

— Eu vigiei o Conde depois que fugi do convento das Irmãs Índigo – explicou, com uma expressão que misturava desafio e firmeza. – Ele tinha deixado o seu cartão com o meu tio, por isso sabia onde morava. Passei dias seguindo os seus passos. Vi quando aqueles sujeitos mal encarados saíram do sobrado e embarcaram na lancha negra. Depois, ouvi por aí que dois homens do Bureau haviam sido atacados no Sena. Peguei um Escaravelho e vigiei o parque *Bois de Boulogne*, até que vi vocês dois voltando com o barco avariado.

— Então, resolveu surrupiar a minha carteira – concluiu ele. – Por quê?

— Eu precisava saber se vocês tinham alguma coisa contra o Conde. Mas depois daquela noite na Exposição, achei que estivessem investigando outra coisa. O que os chineses têm a ver com o Conde, afinal?

— Nada, na verdade – respondeu, agitando as mãos. – Foi uma pista falsa. Mas já perdemos tempo demais. Alexandra! – chamou, se virando para a russa:

— Eu preciso de um favor. Leve a *mademoiselle* Juliette para...

— Eu não sou sua serva, Cavaleiro, tampouco uma babá! – rosnou ela.

— Ei! Eu já disse que não sou uma criança! – retrucou Juliette.

— Não é nada disso, Alexandra – explicou Le Chevalier exasperado. – Eu e Persa... A Exposição está...

— Tem a ver com o Conde? Então eu vou junto!

Le Chevalier encarou Juliette com ferocidade, mas Alexandra apenas sorriu.

— Existe um fogo em seus olhos... – comentou, passando os dedos compridos na face de Juliette, que virou o rosto.

Torneando os calcanhares, Alexandra encarou Le Chevalier com um sorriso divertido no rosto:

— Boa sorte, Cavaleiro. Você vai precisar – disse ela em tom de aviso, desaparecendo na madrugada brumosa que desfiava seus últimos farrapos antes do amanhecer.

— Mas que mulher! – exclamou Persa, embevecido.

— De fato – concordou Le Chevalier a contragosto, virando-se para Juliette, que o encarou com ferocidade.

Ele suspirou. Não tinha como deixá-la sozinha, no meio da noite, com um furioso sentimento de vingança a lhe queimar a alma. Precisava ficar de olho nela.

— Eu vou me arrepender disso... – resmungou para si mesmo, antes de sentenciar:

— Então, vamos! – disse em voz alta, tomando a direção do beco. – Para a Exposição!

15

— **Precisamos de um barco** – sentenciou Le Chevalier.

— Maravilha! – comentou Persa, sarcástico. – E onde espera encontrar uma embarcação no meio da noite? Neste lugar, só vamos encontrar larápios e piratas!

— Ótimo – respondeu. – Só um patife negociaria o próprio barco para dois estranhos e uma...hã... jovem no meio da madrugada.

Juliette olhou feio para o Cavaleiro.

Ele caminhava pelo cais Gourdin, examinando rapidamente os homens embriagados ou entorpecidos por opiáceos, que dormiam a sono solto na madrugada, enrolados em casacos rasgados e cobertores puídos. Ignorando solenemente os resmungos reclamatórios de Persa, ele investigou os pulsos e pescoços daqueles homens miseráveis, até encontrar o que estava procurando.

— Aqui! É um dos homens de *La Corne*.

— Chifre? Que Chifre?

A garota suspirou fundo:

— Você não conhece o Chifre? Mas que tipo de policial é você?

— Pela última vez, eu não sou policial! – vociferou Persa.

— Chifre é o sujeito com quem você debateu tão amigavelmente no canal quando fomos atacados – interrompeu Le Chevalier.

— Aquele pirata? O que quer com ele?

— Fazer uma transação. Acorde, *mon ami!* – chamou, chacoalhando o sujeito. – Precisamos falar com o seu chefe.

O homem, um sujeito careca e tão sujo quanto um carregador de coque, piscou várias vezes com a expressão imbecilizada de quem só dormira após navegar pelas águas torpes do vinho barato. Le Chevalier precisou repetir o que dissera por duas vezes e entregar um florim de ouro para que o homem finalmente compreendesse. Cambaleante, ele se levantou e os guiou para uma entrada na antepara que seguia o curso do canal. O local, barricado por sacos de areia, peças velhas de barcos e outras tranqueiras, jazia semiescondido na escuridão.

Eles avançaram por um túnel baixo e imundo, cheirando a mofo e a entranhas de peixe.

Le Chevalier passou as mãos pelas paredes, sentindo a construção antiga, os relicários e as prateleiras de onde ossadas e crânios observavam os passantes. Ele finalmente compreendeu onde estava: de alguma maneira, os piratas haviam drenado as águas invasoras das antigas catacumbas, transformando o ossário milenar em seu lar.

Ele armazenou a informação para uso futuro. Afinal, Paris tinha uma vasta rede de catacumbas e o local fora considerado inacessível após o Grande Terremoto de 1829. Saber que aquela rede de túneis era utilizada por saqueadores sem conhecimento das autoridades era algo, no mínimo, perturbador.

À medida que avançavam, o cheio apodrecido da entrada da caverna foi substituído pelo *arôme de progrès*[40], o cheiro forte e peculiar que mesclava o vapor d'água das caldeiras, o pó de carvão

---

40 - O aroma do progresso.

que escapava das fornalhas e o óleo nauseabundo que untava as engrenagens. Logo, o chiar e o rebater de possantes máquinas invadiu os túneis, puxando e resfolegando, enquanto dezenas de litros de água escura eram drenados de uma nova galeria. A água era expelida por uma vasta rede de canos até desembocar lá fora.

Pouco a pouco, os piratas estendiam seus domínios.

O meliante os conduziu até uma sala onde, outrora, provavelmente fora o local de oratória pelos mortos ali enterrados. Na nova configuração da moderna Paris, os ossos das paredes foram substituídos por livros contábeis e panfletos. Uma máquina tipográfica e até mesmo uma tabuladora Hollerith jaziam em um canto, perfeitamente oleadas e magnificamente preservadas junto às lâmpadas a gás que iluminavam o recinto.

E no centro, contabilizando a féria do dia anterior, Chifre contava uma pilha de moedas de prata e cobre. As poucas peças de ouro desapareciam rapidamente na papada de um drozde sapo, que coaxava a intervalos regulares, satisfeito.

O homem que os liderava tropeçou até perto do chefe, chamando a sua atenção para os seus convidados.

— Ah, meus caros membros do Bureau, que surpresa agradável! – exclamou em um tom frio, enquanto lançava um olhar ácido para o homem embriagado, que pareceu se encolher a um canto. – Não imaginava que conhecessem a minha modesta residência.

— Não conhecíamos, Chifre, mas tampouco temos interesse nela. Estamos aqui a negócios.

Chifre encarou os dois com seus olhos minúsculos, escondidos atrás das rugas que avançavam até a barba desgrenhada e depois esticou o pescoço para dar uma boa olhada em Juliette. A garota tremeu e, num gesto instintivo, se postou atrás dos dois homens. Em um cacoete adquirido havia muito, ele coçou o próprio corno na testa, como quem beijava um crucifixo ou uma medalha para atrair sorte.

— Não vejo que tipo de negócios que gentes de nossas laias poderiam travar.

— Ah! Pelo menos nisso, concordamos!

— Persa! – pediu Le Chevalier, olhando feio para o amigo.

— O seu amigo bravateiro tem razão, agente – disse Chifre, arrancando um muxoxo de protesto de Persa. – Nossos mundos são diferentes, e tenho pouca consideração ou apreço por aqueles que ajudam a perpetuar a tirania imperial. Não são bemvindos em minha casa os que locupletam da boa-fé do povo ou que escarnecem de seus desejos em troca de um soldo considerável.

— Este trololó não vai nos levar a lugar algum, Le Chevalier. Venha, vamos embora – pediu Persa, fazendo menção de se virar, mas o Cavaleiro manteve-se parado, encarando o rei dos piratas.

— Os alemães planejam um atentado em Paris.

— As suas guerras imundas não me interessam. Seja qual for o lado vencedor, o povo sempre paga no final. Se Bismarck invadir a França, só estaremos mudando de um ditador para outro.

Persa inchou como um balão; Le Chevalier percebeu a inquietação do amigo e adiantou-se, impedindo que ele descarregasse sua habitual cantilena de impropérios.

— A Exposição Universal corre perigo.

— Aquela construção faraônica e opulenta para os ricos visitarem, enquanto se empanturram em seus salões? – gracejou Chifre, afagando o seu sapo mecânico. – Que tenho eu a ver com aquilo?

— Ainda há trabalhadores lá. Se houver um atentado, eles serão os primeiros a morrer.

Chifre franziu o cenho. Le Chevalier conhecia aquela laia; ele era um contrabandista, um ladrão e um sequestrador. Mas, mais do que isso, ele era um idealista. Ele incentivara a greve de 1864 não só para provocar caos na polícia e ter seus empreendimentos facilitados. De certa maneira, a sua lógica distorcida arranjava-lhe pretextos para as suas ações. Ele queria partilhar da comuna: tirar dos ricos e entregar para os pobres, desde que ele ficasse com a maior parte, claro.

Acertadamente, Le Chevalier imaginou que um atentado de um potentado estrangeiro pudesse mexer com os seus brios.

— O que você quer? – perguntou, afinal.

— Uma embarcação ligeira.

— Uma *le Couteau*, então. Bom, e como tenciona pagar?

O Cavaleiro arrancou o resto do fraque arruinado e abriu a camisa. Bordado no colete interno, uma tira de florins de ouro escorregou para as suas mãos.

— Pelas barbas brancas de Matusalém! – exclamou Persa. – Você poderia comprar metade das embarcações de Gourdin com este dinheiro!

— É, mas elas não estão à venda a esta hora, estão? – riu Chifre, surrupiando rapidamente as moedas para dentro dos bolsos. – É o pagamento pela exclusividade, por assim dizer.

— Patife, perdulário, agiota!

— À embarcação, Persa. Perdemos um tempo precioso aqui.

Eles retornaram ao canal por um caminho diverso, escapando para um dos inúmeros ancoradouros clandestinos que foram construídos junto às ruínas das catacumbas inundadas. Guiados por um dos homens do Chifre, Le Chevalier foi apresentado ao *Le Petit*[41], uma *le Couteau* de um vermelho berrante e um motor a vapor de torque espiralado. O Cavaleiro examinou rapidamente a embarcação antes de saltar para o seu interior, seguido nos calcanhares por Persa e Juliette, que cobriu os ombros com os poucos farrapos que possuía.

Eles empurraram a lancha para longe com os remos antes de ligar o motor; o engenho tossiu e se engasgou com o coque verde e úmido, banhado no suor da madrugada que se espalhava nos túneis. Logo, a pressão da caldeira em miniatura atingiu o nível ideal e *Le Petit* deixou para trás os domínios do submundo para alcançar o Canal St. Martin.

....
41 - A Pequena.

16

Enquanto a veloz embarcação avançava pelo rio escavado, Juliette perguntou:

— Por que vamos para a Exposição?

Persa trocou um olhar com o Cavaleiro, que resolveu explicar:

— O Conde contrabandeou alguma coisa do Japão até Paris. Não sabemos o que é, mas o alvo parecem ser as fundações do palácio da Exposição.

— Mas por que ele quer atingir a Exposição? – questionou Juliette, sem entender.

— A Exposição Universal representa o poderio e a honra da França, *mademoiselle*. Seu fracasso poderia significar a ruína política do imperador.

Ela ponderou aquilo por um momento antes de falar:

— Vocês, homens, são esquisitos – disse, em tom sentencioso. – Medir alguém por uma festa não tem muita lógica para mim.

Persa quase engoliu o charuto numa gargalhada, enquanto Le Chevalier encarava a garota com os olhos atentos.

— Não – concordou. – Não há lógica nisso, de fato.

Em silêncio, eles continuaram a cruzar o canal até alcançar o Rio Sena. À medida que se aproximavam, a Exposição crescia no horizonte como um lustre fino. Iluminada por milhares de lâmpadas a óleo, a soberba construção do *professeur* Verne resplendia no céu enevoado de Paris, destacando-se como o efeito mais vistoso de uma árvore se Natal.

Após atravessar o Sena, eles seguiram pelo Canal Grenelle e, logo, alcançaram a bifurcação. Diferentemente do outro dia, quando haviam descido pelo canal principal até o Prédio da Exposição, Persa fez uma curva fechada e tomou um caminho diverso, serpenteando por uma linha fina que lembrava um riacho. Este acesso secundário os levou até os fundos do palácio, onde, outrora, um elegante campo de equitação ocupava os campos verdejantes ao redor da região pantanosa do Campo de Marte.

O braço do Canal onde eles navegavam fora construído recentemente; o rio artificial atravessava os subterrâneos do Palácio da Exposição e era utilizado como escoadouro para o sistema de drenagem automatizado do *ingénieur* Banks. Lá dentro, poderosas bombas vaporizavam e condensavam a água excedente do terreno enlameado, secando continuamente as nascentes salobras que se espalhavam por toda a região.

Le Chevalier fez um sinal, e Persa diminuiu a velocidade quando eles se aproximaram do Palácio. O canal seguia para uma entrada estreita e mal iluminada, como a boca de um monstro antigo à espera de viajantes desavisados. A construção erguia-se majestosa à sua frente e exigia que eles torcessem o pescoço se quisessem ver as torres do telhado.

Mas eles mantinham os olhos fixos na entrada, procurando na escuridão enquanto se aproximavam, até que...

BAM!

O tiro raspou a orelha esquerda de Le Chevalier. Eles saltaram atrás da amurada do barco um pouco antes de outro projétil arrancar lascas da *le Couteau*.

Juliette encolheu-se em um canto. Le Chevalier encarou Persa por um momento, os dois combinando com os olhos o que fazer. Assim que um terceiro disparo ecoou, eles se levantaram com as armas em punho.

Le Chevalier disparou com sua Laumann e Persa usou a velha, mas confiável, Smith and Wesson N°1 para destroçar um arbusto que crescia mirrado junto às margens do riacho.

Houve um grito abafado e um baque surdo; então, o corpo do atirador rolou preguiçosamente até o rio, deixando para trás somente o rastro úmido de um vermelho vivo.

FUUUUU!

— O que foi isso, agora?

— Não sei – admitiu Persa, virando-se de um lado para o outro, até encontrar a origem do silvo. – Praga! Foi o motor.

Era verdade. O último disparo do prussiano atingira o motor, que tossia e cuspia óleo quente, emporcalhando o barco antes de soltar um longo suspiro e morrer.

— Droga!

— Alto! Quem está aí?

Um soldado em roupas pesadas e dois grilhões com seus elos balançando surgiu por entre as árvores. Ele apontava uma Tabatière de alta precisão para os dois, com as mãos firmes e o dedo no gatilho.

Na primavera parisiense, somente um tipo de soldado trajava aquelas vestes e o Cavaleiro não teve dificuldade em reconhecê-lo:

— Você é um piloto. Das plataformas.

Não era uma pergunta. Era uma afirmação.

O soldado encarou Le Chevalier com o cenho franzido e amarrou mais a cara quando Juliette levantou-se. O trio dentro do pequeno barco fazia uma estranha figura. A garota vestia seus andrajos e parecia duas vezes mais suja depois de navegar pelos canais pestilentos em alta velocidade. O Cavaleiro ainda trajava a sua casaca branca, mas, agora, ela parecia muito mais as vestes que um mendigo encontrara em um abrigo do que o elegante traje para uma recepção imperial. O Acrobata amarrotara e rasgara o seu casaco; a camisa de linho se esfiapara enquanto ele saltava de um lado para o outro no sobrado do Conde; e suas calças estavam completamente arruinadas pela lama pestilenta do canal.

Persa não estava muito melhor: seu colete havia sido arrancado e boa parte da manga esquerda jazia em frangalhos. As costuras estavam arrebentadas em vários pontos e a elegante faixa ruiva se enrolara como uma corda de navio.

— Quem são vocês? Eu ouvi tiros. Quem estava atirando?

— Nós fomos roubados – mentiu Le Chevalier. – O ladrão fugiu para cá.

A história não pareceu convencer o soldado. Ele os chamou com um gesto.

Eles remaram até as margens e saltaram do barco.

– Muito bem, agora – falou o soldado, mantendo a mira nos dois homens enquanto olhava desconfiado para Juliette. – Nós vamos até a guarnição, e vocês vão poder explicar esta...

Mas Le Chevalier tinha outros planos. Ele assobiou por um momento e se abaixou. O soldado acompanhou o movimento com a cabeça, mas, mesmo assim, foi surpreendido pelo corvo drozde que realizou um ousado rasante junto aos seus olhos.

Assustado, ele atirou a esmo. Foi o suficiente para que os dois espiões avançassem e desarmassem o soldado.

— Onde está o seu VZ? – perguntou Le Chevalier, com a pistola Laumann nas mãos.

— Está aqui perto. A uns cem metros – respondeu o soldado em um tom irritado.

— E onde está o seu destacamento?

— Espalhado. Já devem estar em seus postos. Eu estava terminando de dar corda no meu planador.

— *Merdé!*

Ele se virou para Persa e balançou a cabeça.

— Não temos tempo para esperar reforços – disse ele, respondendo à pergunta não verbalizada pelos olhos esperançosos do colega. – Vamos, rapaz! – ainda disse, encarando novamente o soldado. – Precisamos do seu planador.

Após se aproximarem do engenho, Le Chevalier fez saltar a lâmina da sua bengala e, com três golpes habilidosos, separou o motor helicoidal do resto da estrutura. Com cuidado, eles carregaram a hélice até a beira do canal. Depois de lançar o resto do motor avariado no rio, eles acoplaram o novo propulsor na popa da lancha.

— Não vamos ter muita estabilidade, mas deve servir – sentenciou Persa, depois de dar uma boa olhada na engenhoca montada às pressas.

— Muito bem, rapaz. Agora, encontre os seus superiores – disse Le Chevalier, virando-se para o jovem soldado. – Diga que há sapadores nos subterrâneos do Palácio.

— Sapadores[42]? – repetiu Persa, engolindo em seco.

O soldado acompanhou o olhar aparvalhado do espião; engolindo em seco, ele saiu correndo campo afora, como se estivesse com as vestes pegando fogo.

— Ele se daria melhor jogando fora aqueles grilhões – resmungou Le Chevalier, usando os remos para empurrar a *la Couteau* novamente para longe das margens.

Persa continuou o encarando.

— O garoto dará o alarme mais rápido se achar que tudo isso pode ir pelos ares – explicou o Cavaleiro.

— Pensamento sinistro – comentou Persa, enquanto soltava, com muito cuidado, a trava da mola e deixava as hélices se soltarem, empurrando a embarcação avariada para a frente.

Le Chevalier deu de ombros e acendeu uma lanterna de pilha

---

42 - Eram chamados sapadores os antigos soldados mineiros que escavavam túneis ao longo das fortificações para plantar explosivos e implodir muralhas.

galvânica que o Chifre lhe emprestara. Conhecida como luz dos gatunos, o espelho côncavo e seu formato angular permitiam que a luz focasse em um ponto específico, dificultando a percepção ou intromissão de olhos bisbilhoteiros.

— Estranho – comentou, enquanto voltavam a se aproximar da boca do túnel. – A água está turva.

Persa abaixou a cabeça para observar melhor. De fato, uma grande mancha negra, lembrando óleo gasto, espalhava-se pelo canal como uma doença infecciosa.

— E daí?

— Os auto-drenadores do *monsieur* Challenger deveriam retirar e tratar a água pantanosa antes de lançá-la de volta ao canal. Há algo errado.

Ele focou a sua lanterna no canal, seguindo o feixe de luz até encontrar uma dezena de barras grossas que impedia a passagem pelo túnel que escorria por debaixo da exposição. Com os olhos, acompanhou as barras da grade até encontrar o que estava procurando.

Deixando escapar uma exclamação, ele e Persa conduziram a estreita lancha até ultrapassarem o buraco que havia sido serrado previamente. Sob a sombra de uma frondosa e repolhuda castanheira, o local não poderia ter sido mais bem escolhido, oculto na penumbra e longe dos lampiões.

— Silêncio, agora.

Persa apertou as molas, diminuindo o ritmo das hélices até o mínimo indispensável para manter a embarcação em movimento.

Eles avançavam devagar, o som de gotejamento úmido escorrendo pelas paredes, acompanhando o trio como em um cortejo. A luz esverdeada da pilha de algas iônicas avançava como um espectro esmeralda, dançando entre as paredes orvalhadas.

Com cuidado, eles seguiram por várias dezenas de metros até que o barulho incessante dos monstruosos motores a vapor invadiu o túnel, em uma cacofonia de pistões, mancais e palhetas que rodavam sem parar. Era um moto-perpétuo, uma obra prima da engenharia moderna, alimentado pelo coque das fornalhas.

Le Chevalier já esperava por isso. Afinal, todos sabiam que a drenagem das fundações do palácio era mantida ininterruptamente. Mas o que não era esperado, a não ser nas circunstâncias em que se encontravam, era ouvir o sotaque carregado dos soldados prussianos no lugar dos trabalhadores habituais que mantinham aquela enorme parafernália em funcionamento.

Eles desligaram o motor improvisado e se aproximaram apenas deslizando na água parada, escondendo-se entre os inúmeros caixotes que certamente haviam sido utilizados para transportar a máquina dos japoneses.

— Com mil parafusos enferrujados!

Mesmo irritado com a quebra do silêncio por Persa, Le Chevalier não pôde deixar de concordar. No átrio de pedra e estuque construído bem no coração dos subterrâneos, uma máquina monstruosa tomava forma, montada peça por peça por uma dezena de trabalhadores orientais em trajes alaranjados. À sua volta, uma dúzia de homens observava tudo e monitorava o andamento da montagem com a precisão de um relógio suíço. Apesar da falta dos capacetes com suas espalhafatosas ponteiras e ausência dos colares vermelhos, era fácil reconhecer o porte físico e a postura militar dos vigilantes, que trocavam palavras entre si em um alemão carregado, gritando para se fazerem ouvir no meio dos motores.

Ele os identificou imediatamente como pertencentes à infantaria prussiana: a longa sobrecasaca negra não trespassada, as botas compridas e a mochila de pele de bezerro eram pistas mais do que suficientes. Os compridos rifles de agulha M1862 tinham ficado de lado; para uma operação discreta daquela natureza, eles pareciam armados apenas com as lâminas curvadas com cabo de latão, a pistola M1850 de tiro único e a espada curta de punho de couro.

No centro, a máquina construída pelos japoneses era impressionante: aproveitando a energia dos motores de drenagem, cujas bombas jaziam desligadas vomitando uma água escura e pestilenta nos canais, o monstro de ferro e vapor erguia-se em sua carcaça como um titã que clamava contra os céus, alcançando o teto ovalado projetado pelo *ingénieur* Dupond. Molas de compressão, grossas como troncos de árvore, estavam afixadas a quatro braços mecânicos que pareciam querer sustentar o palácio inteiro. Na ponta dos braços, apêndices em forma de garras foram parafusados até cravar seus dedos afiados nas colunas de sustentação.

Enquanto isso, na base, as caldeiras dos grandes motores eram alimentadas com coque negro, aumentando a pressão que fora desviada para girar um enorme mancal helicoide. A peça, através de um intrincado jogo de polias e engrenagens, comprimia e distendia as molas dos braços mecânicos, trabalhando a superestrutura e abalando as suas fundações. As colunas tremiam a cada nova investida da máquina, e pedaços de estuque e pó choviam do teto.

— Mas o que diabos é isso? – perguntou Persa, boquiaberto.

— Uma máquina de terremotos – sussurrou Juliette, esgueirando-se por trás deles, sem tirar os olhos do estranho engenho.

Com os dentes rangendo, ela continuou:

— Era isso que o Conde queria que o meu tio montasse, tenho certeza – e um rubor febril subiu do seu pescoço para as faces sujas. – Ele era especialista em energia mecânico-elástica. Vejam, as molas estão forçando as colunas como se fosse um abalo sísmico!

Le Chevalier concordou com um aceno:

— Acho que estamos vendo uma corrupção sinistra da máquina de contenção de terremotos japonesa – comentou. – Se lembra dos planos que encontramos na sala do Comissário Simonet, Persa?

— Sim – respondeu mecanicamente, sem estar bem certo.

— Era uma estrutura semelhante, se bem me lembro. Mas eles alteraram o seu funcionamento para provocar um terremoto ao invés de prevenir um.

— Demônios! Bárbaros! Assassinos!

— Inteligentes – ponderou Le Chevalier. – Uma explosão levaria a uma investigação minuciosa. A *gendarmarie* não sossegaria até pôr as mãos nos culpados. Mas se o palácio simplesmente ruísse...

— Eles escapariam impunes enquanto a França cairia em desgraça! Malditos falastrões! Solepadores! Derrubadores!

Le Chevalier esticou o pescoço para observar melhor. Os trabalhadores pareciam estar finalizando os últimos ajustes, e cada minuto contaria a partir de agora. Ele não tinha como saber por quanto tempo a estrutura de Banks e Challenger aguentaria aquela pressão alternada, mas era bastante óbvio que o palácio todo viria abaixo se eles não parassem logo aquela máquina infernal.

— O que podemos fazer? – perguntou Juliette.

— Você? Nada! – vociferou, olhando duro para a garota. – Volte para o barco e não saia de lá!

A garota inchou como um balão, como que prestes a protestar, mas ele simplesmente a ignorou, voltando a sua atenção para Persa:

— Vamos nos aproximar em silêncio. Precisamos alcançar os controles antes que nos vejam.

Le Chevalier mal terminara a frase antes que seus planos fracassassem terrivelmente. Enquanto cochichavam, um dos soldados prussianos se aproximou, sorrateiro, pelas suas costas, o seu drozde esquilo serpenteando por entre suas pernas.

Então, a espada riscou de prateado a penumbra escura dos túneis, e o golpe afiado desceu em busca do pescoço do Cavaleiro.

17

Um crocitar agudo ecoou por um segundo apenas, mas foi o suficiente para que Le Chevalier se abaixasse, deixando apenas a comprida cartola à mercê do prussiano.

Enquanto o chapéu era repartido em dois, agradeceu mudamente por ter instalado o dispositivo vocálico no seu corvo drozde. Fora uma verdadeira extravagância na época e lhe custou o equivalente ao salário de meio ano, mas o dispositivo já lhe salvara a vida mais de uma vez.

O prussiano não perdeu tempo: depois de cortar o vazio, ele puxou a espada e tentou uma estocada.

Sem alternativa, Le Chevalier acionou o mecanismo do seu antebraço; a luva mecânica desengatilhou e a arma escondida saltou diretamente para a sua mão. Em pouco mais de um segundo, os dois canos dispararam contra o soldado, que caiu espalhafatosamente na água.

— Lá se foi o elemento surpresa – resmungou, irritado, virando-se para Juliette. – Volte para o barco! – ordenou mais uma vez.

A garota obedeceu, um tanto relutante.

Enquanto os seus drozdes fugiam, apavorados, os dois homens buscavam se proteger. Lascas de madeira saltaram para os lados quando os primeiros tiros dos prussianos atingiram as caixas de madeira. Eles responderam à altura, descarregando as suas pistolas nos soldados. Balas voaram em todas as direções e, por longos momentos, o som surdo dos disparos suplantou o barulho ritmado dos motores a vapor.

Quando o clique metálico dos gatilhos encontrou apenas os tambores vazios das armas, havia três soldados estirados no chão e um quarto com o braço inutilizado. Os japoneses, desarmados, haviam se protegido atrás dos motores logo que o tiroteio começou e, agora, aproximavam-se com curiosidade, aparentemente sem saber como proceder.

Le Chevalier jogou para longe o que restava da sua casaca arruinada, esticou novamente a lâmina da sua bengala e trocou um olhar rápido com Persa ante de se atirar na batalha:

— Desligue aquela máquina – rosnou.

Então, ele saltou para o centro do átrio, os olhos em fúria e os dentes serrados de quem sabia que não podia perder.

O primeiro soldado caiu antes mesmo de perceber o que estava acontecendo. Afoito por lutar contra um homem sozinho, talvez imaginasse receber uma medalha por derrubar o lendário espião francês. Mas ele fora lento demais para quem tinha pretensões de grandeza: a sua estocada atingiu o vazio depois que Le Chevalier girou sobre os calcanhares. Uma dor lancinante no peito foi a última coisa que ele percebeu antes do fantasma da sua alma abandonar o corpo.

Impressionados com a velocidade do francês, os prussianos restantes foram mais cautelosos, girando ao seu redor.

Ele escondeu um sorriso na máscara de ferocidade esculpida em seu rosto. Mesmo sem saber, os soldados estavam fazendo exatamente o que ele pretendia: com cuidado, ele circulou pelo átrio

– colocando-se entre prussianos e a maligna máquina japonesa – e deixando espaço para o colega trabalhar.

Enquanto isso, Persa enfrentava um tipo diferente de oposição. Mesmo desarmados, os japoneses pareciam não estar dispostos a deixar que o tunisiano se aproximasse da sua preciosa máquina. Com o seu punhal, ele estocou no vazio e girou a lâmina de um lado para o outro, mas tudo o que conseguiu foi fazer com que os homens se afastassem por apenas um momento antes de se aproximarem novamente. De cabeças baixas e suplicantes, os japoneses misturavam desculpas, cumprimentos e evasivas que aniquilaram o resto da paciência de Persa.

— Lutem, cães fedorentos! Animais acossados! Peguem em armas ou saiam da minha frente!

Mas fosse porque eles não estavam dispostos a lutar contra Persa ou porque não pareciam entender uma única palavra em francês, o fato é que os japoneses ignoraram solenemente a chuva de injúrias e ofensas e multiplicaram os salameques, curvando-se solenemente sempre que o tunisiano se aproximava.

— Com mil pescoços pelados! Eu vou decapitá-los se não pararem com isso!

No entanto, as bravatas não passaram de palavras lançadas ao vento: mesmo sabendo da necessidade premente de desligar a máquina que poderia destruir o Palácio da Exposição e enterrar a todos sob centenas de toneladas de rocha, Persa não parecia disposto a assassinar homens desarmados.

No outro lado do átrio, tal conflito ético soaria tão absurdo quanto uma companhia de cancã se apresentar no palácio das Tulherias. De fato, à medida que o tempo passava, a luta se tornava mais feroz. Os soldados prussianos atacavam sempre em duplas ou trios, e Le Chevalier mal conseguia desviar-se das estocadas e pouco podia fazer para contra-atacar. Suando abjetamente naqueles túneis úmidos, ele sabia que se não mudasse rapidamente o cenário, o destino lhe reservaria pouco mais do que um túmulo molhado nas águas imundas do canal.

Com um arco longo do seu braço, ele afastou o trio com a sua lâmina e voltou os olhos para a dupla que já se aproximava. O primeiro soldado tentou uma flecha, aproximando-se, rápido, com a espada levantada. Ele curvou as costas e girou, acertando uma cotovelada nas costas do prussiano, que tossiu agudamente antes de cair no chão. Enquanto isso, o segundo soldado já atacava, tentando uma resposta.

Não havia tempo para bloquear o ataque; comprimindo com força o botão escondido em sua luva esquerda, Le Chevalier rezou para que as molas do mecanismo não falhassem mais uma vez.

Felizmente, Lebeau parecia ter acertado daquela vez: as molas soltaram-se velozes como um raio e as duas lâminas projetaram-se para além da sua mão. As garras cortaram o ar e barraram a lâmina do prussiano com um tilintar agudo. O barulho soou como o canto dos lírios para Le Chevalier.

Com um movimento rápido, ele aproveitou a expressão estupefata do soldado para torcer o pulso com vigor. As garras rodopiaram a espada, contorcendo os dedos do prussiano, que gritou em agonia antes de se livrar da arma. O soldado caiu de joelhos e Le Chevalier acertou-lhe um pontapé na ponta do queixo. Com uma expressão incrédula e sofrida, o homem esparramou-se no chão, enquanto o Cavaleiro livrava-se das lâminas pendentes.

Ele não podia se dar ao luxo de celebrar a pequena vitória. Contando apenas com a intuição, saltou para longe, afastando-se do trio no exato momento em que as lâminas cortavam o ar onde ele estivera um segundo atrás. Com a mão esquerda, ele pescou um dos caixotes arruinados e lançou às suas costas, atingindo um dos soldados. Então, virou-se para encarar os oponentes.

Havia três soldados em pé. Dois deles avançaram e o espião recuou. Os soldados tentaram estocá-lo, mas ele conseguiu se defender com golpes curtos e precisos. Então, um deles se adiantou, cortando e rebatendo com uma tenacidade impressionante.

Le Chevalier e o soldado duelaram sozinhos por vários segundos; a luta era tão intensa que os demais pareciam temerosos em se aproximar. O soldado era maior e mais forte e golpeava com ferocidade: ele precisou girar por duas vezes, afastando-se em direção ao canal, para não ser fatiado pela lâmina comprida do prussiano.

Aproveitando-se do momento de indecisão do espião, o soldado aplicou uma balestra e saltou; Le Chevalier recuou uma vez e depois recuou uma segunda vez, trazendo a espada contra o ombro para evitar que o prussiano lhe partisse a coluna.

Na terceira vez, as suas botas brancas alcançaram o parapeito do átrio e ele sentiu o salto escorregar para fora da rocha recoberta de limo. O prussiano atacou mais uma vez e os dois cruzaram as lâminas contra o peito.

O hálito podre dos dentes amarelados do enorme soldado invadiu suas narinas. O prussiano apenas sorria, enquanto o empurrava lentamente para dentro das águas imundas do canal. Mesmo com todas as suas forças, ele não conseguia se livrar daquele abraço mortal. Se caísse na água, seria o seu fim.

Inflando os pulmões o máximo que pôde, ele contraiu os músculos e acertou uma violenta cabeçada no nariz do prussiano. Seu cérebro piscou por um momento, enquanto a cabeça parecia vibrar em estranha sintonia com os imensos motores Oliver-Watt. O ar modorrento invadiu-lhe os pulmões, e uma viscosidade quente escorreu por entre seus cabelos – o nariz do soldado fora estraçalhado e sangue jorrava como em um chafariz.

No entanto, apesar do aspecto medonho, o prussiano manteve o abraço apertado, rugindo como um urso enquanto o impelia para fora do átrio.

Le Chevalier ouviu os berros dos soldados e imaginou algum tipo de comemoração. Ele sentiu o átrio tremer por um momento e seu coração gelou: teria a máquina do juízo final completado o seu intento? Estariam destinados a perecer naquele túmulo aquático?

Então, o abraço afrouxou. Um sopro de vida invadiu seus pulmões enquanto ele tossia e arquejava para recuperar o fôlego. Trôpego, ele se abaixou por um momento, respirando com dificuldade até que notou um vulto ao seu lado:

— Juliette?

A garota abandonara o barco e assobiava, furiosa, aparentemente dando ordens para a centopeia metálica que fustigava o prussiano, picando-o enquanto serpenteava por entre suas vestes. O soldado urrava de dor e fúria, girando de um lado para o outro, buscando com as mãos nuas arrancar aquele pequeno monstro, recebendo apenas mais picadelas doídas em seus dedos grossos.

Desesperado, ele correu para o canal e mergulhou nas águas fétidas, desaparecendo nas ondas escuras.

Le Chevalier respirou como um hipopótamo maratonista e resmungou:

— Seu drozde... – disse, com a voz fraca.

A garota deu de ombros, sem se importar.

— Não era um drozde, era apenas um autômato de repetição.

— Um autômato... – repetiu, processando o que ouvira. – Mas onde está o seu drozde, afinal?

Juliette subitamente fez algo muito estranho. Encolheu os braços, junto ao corpo, fechando os andrajos sob o peito e amarrou a cara.

Le Chevalier lançou-lhe um olhar avaliativo, mas a sua atual condição não permitia divagar sobre assuntos diversos. Os prussianos se reorganizaram e pareciam prontos para retomar o combate.

— Fique atrás de mim – ordenou à garota, que recebeu a ordem como uma bofetada.

— Eu acabei de salvar a sua vida, não foi? – retrucou Juliette, indignada.

Le Chevalier não respondeu. Bufando, ele avançou contra os soldados.

A garota, deixada para trás, soltou um palavrão e pulou no meio dos caixotes, tentando alcançar um lugar mais alto para ver o que estava acontecendo. O corvo drozde, que fizera da pilha de entulho o seu esconderijo, voou até a máquina japonesa, buscando abrigo entre seus braços.

Já o mico, incapaz de encontrar um local seguro para se esconder, saltou até o seu amo. Assustado, ele calculou mal o pulo e acabou escorregando no boné de astracã de Persa e se estatelou à sua frente, guinchando alto.

Foi como se uma granada fragmentadora tivesse sido detonada: os japoneses gritaram e urraram, apontando para o bicho mecânico com um pavor genuíno.

Aos gritos de *Wukong! Wukong! Wukong!*, os japoneses debandaram, saltando nas águas imundas do canal e desaparecendo na escuridão dos túneis inundados.

— Loucos! Insanos! Maníacos humanistas! Incivilizados! – berrou Persa, pisando duro até a máquina que ameaçava todo o complexo.

— Pelas suíças negras de Champollion! Que bizarros escritos são estes? – vociferou, ao notar que o artefato tinha mais alavancas e botões que uma tabuladora Hollerith e todos exibiam legendas no ancestral sistema de escrita *kanji*.

— Por certo, algum destes controles deve desligar esta máquina infernal – murmurou, passando do pensamento para a ação e apertando os interruptores em uma velocidade alarmante.

A máquina chiou e resfolegou; fios de pressão escaparam dos tubos com apitos estridentes, e as molas se distenderam até forçar as suas amarras. O teto tremeu como se estivesse no meio de um terremoto, e enormes pedras começaram a despencar, criando grandes rachaduras.

Então, o painel de controle começou a esquentar. O revestimento de madeira ganhou contornos rubros, depois amendoados e, finalmente, negros. As alavancas estavam tão quentes que era impossível tocá-las sem proteção. Finalmente, chamas irromperam pelas bordas, e a parafernália queimou como o sebo de uma vela.

— Com mil demônios!

— Persa! – gritou Juliette, que observava tudo de cima dos caixotes. – Esqueça os controles! Estes são motores Oliver-Watt! Você precisa travar o regulador centrífugo!

— Ah, o regulador centrífugo! – exclamou o tunisiano com o rosto iluminado pelas labaredas. – É claro! Como não pensei nisso antes?

Ele circulou a caixa de motores e abriu uma portinhola. Lá dentro, entre engrenagens que corriam, polias que saltitavam e correias fumacentas, o regulador girava em alta velocidade, as duas esferas maciças controlando a quantidade de vapor que supria o propulsor.

Torcendo o pescoço, ele esticou o braço, arruinando o resto do casaco no óleo que respingava, quente e espesso.

No entanto, por mais que ele se esforçasse, seus dedos grossos simplesmente não alcançavam a máquina.

— Pela santa mãe do *professeur* Verne! Eu não consigo me aproximar! – bufou, jogando o seu rechonchudo corpanzil contra o artefato, sem lograr êxito.

— Eu não o alcanço! – berrou, afinal, com as faces banhadas em suor. – Praga! Pelas partes traseiras de um babuíno! Meus braços são curtos demais!

Le Chevalier deu uma resposta com a sua lâmina, empurrando os dois para longe. Aproveitando a distração, ele puxou o casaco esfarrapado e arrancou o sistema de molas do seu antebraço.

— Aqui! Use isto! – gritou, jogando a luva mecânica para Persa.

O tunisiano agarrou o sistema no ar, analisando-o com os olhos pequenos.

— Ora, mas é o artefato de Juliette! O que você está fazendo com ele? – perguntou, admirando a obra.

— O regulador, Persa! – Le Chevalier e Juliette gritaram.

— Ah, sim, claro – lembrou-se, esticando a luva metálica até alcançar o rolamento de empuxo. Ele levantou as alavancas das esferas, travando o rolamento até que a abertura da válvula se fechasse por completo.

Um *clank* agudo foi seguido de um girar rápido e descontrolado das engrenagens, que rodavam no vazio com a forca de cem elefantes. A caldeira continuava pulsante, mas o vapor, incapaz de atingir o êmbolo, invadiu as instalações, escapando dos motores condensados até estourar os canos de sucção.

As molas foram contraídas e o sistema entrou em repouso.

Um silêncio agudo se seguiu à paragem da máquina.

Os dois prussianos sobreviventes se encararam e, após uma rápida troca de olhares, atiraram longe suas espadas e pularam no canal, desaparecendo nas águas turvas.

— Voltem aqui! – vociferou Persa, irritado.

— Deixe-os – resmungou Le Chevalier, recolhendo a lâmina na bengala com a expressão cansada. – A vitória é nossa.

— Ora, eles... Mas quem são estes?

Le Chevalier se virou para onde apontava o dedo grosso do amigo, no exato momento em que quatro lanchas se aproximavam, desaparecendo da escuridão para apresentar diversos soldados de casacos azuis e capacetes brancos, os rifles Tebatiére nas mãos e as expressões carrancudas. Em um dos barcos, quatro japoneses eram mantidos presos, os olhos baixos e as expressões infelizes.

O Major Valois saltou da primeira lancha e passou os olhos pelo átrio destruído pela batalha, encarando os corpos dos soldados espalhados. Então, ele levantou as faces até a máquina japonesa.

— Pela Majestade Imperial! Que bestialidade é essa?

— Um artefato que, tenho certeza, o *professeur* Verne terá a maior satisfação em estudar – respondeu Le Chevalier.

— Le Chevalier! – exclamou Valois, como se o visse pela primeira vez. – Pelo Imperador! Eu fui informado de que você foi suspenso! O que está fazendo aqui? O que aconteceu?

—Apenas mais um plano maligno contra o glorioso império interrompido pelo braço forte de seus *braves*[43], *mon* Major! – respondeu Persa, com um sorriso aberto nas faces enegrecidas pela fuligem.

Valois parecia ter sido atordoado por uma pistola galvânica. Ele começou a balbuciar, encarando os dois espiões.

— Mas o quê? Quem? Como?

— Há ainda alguns espiões prussianos no Canal – comentou Le Chevalier, casualmente. – Seria bom capturá-los antes que alcancem o Conde Dempewolf.

Juliette grunhiu frente a esse nome.

— Pelas gárgulas de Notre Dame! – rugiu Valois, encarando a menina empoleirada nos caixotes. – Quem é esta?

— Ela é... uma amiga – respondeu Le Chevalier, cauteloso. – Não se preocupe, ela está do nosso lado.

— Vou ter que aceitar a sua palavra, neste caso – mumurou Valois, antes de se virar para o espião. – Mas você tem muito o que explicar, Cavaleiro.

—Somente após o desjejum! – vociferou Persa, se aproximando com os passos decididos e ajudando a garota a descer.

Ele pousou um dedo no velho soldado, que chegou a recuar um passo.

— Pelos justos Céus, ou nos arranjam alguns *croissants* e um pão fresco, ou aceite a minha carta de resignação agora mesmo, Major!

Houve um tiritar agudo de silêncio enquanto o choque momentâneo suspendeu-se no ar. Então, Juliette soltou uma gargalhada que arrancou mais alguns pedaços de rocha do teto, e uma onda de felicidade e desafogo invadiu os túneis. Os soldados riram com gosto e até mesmo o Major abriu um sorriso tímido.

No alto, o corvo crocitou, balançando a cabeça em aparente desaprovação.

---

43 - Bravos.

18

Um preguiçoso sentimento de dever cumprido invadiu o escritório do Major Valois naquele amanhecer ensolarado na capital francesa. Embalados pelo tiquetaquear do grande relógio de corda que contava as horas, Le Chevalier servia-se de uma segunda xícara de café enquanto o Comissário Simonet terminava o seu relatório.

Estava irritado. Havia brigado com Madame Zuzu. Ele havia deixado Juliette aos cuidados do Bureau, mas após terminar o relatório e retornar ao apartamento escondido sob a Gare, recebera um bilhete lacônico pelo correio pneumático:

Ela fugiu.

Exausto, o Cavaleiro dormiu quase doze horas seguidas. Quando acordou, encontrou Juliette repousando no duro sofá da sala.

— O que ela está fazendo aqui? – perguntou, num sussurro assustado para a sua governanta.

— Ela disse que o conhece. E é verdade. Eu a vi aqui, naquele dia.

— Sim, é verdade – confirmou, a contragosto. – Mas você a deixou entrar?! Madame Zuzu! Este é um apartamento fornecido pelo Bureau e...

Mas Madame Zuzu não parecia impressionada com os assuntos da segurança nacional:

— O senhor confirma que a conhece – disse, de modo vociferante. – E, mesmo assim, deixou a pobrezinha morar nas ruas? Ela me contou que dormiu ao relento nos últimos seis meses!

— Bem, acho que sim... Mas...

— Acho que não está fazendo jus ao título que ostenta, "Cavaleiro" – acusou, erguendo o dedo e ignorando qualquer tipo de explicação. – Ela chegou morta de fome, exausta e ardendo em febre. Dei-lhe um revigorante prato de sopa ontem à noite e, agora, preciso arranjar algo para ela vestir. Afinal, aquelas roupas estão imundas!

— Mas...

— Com licença, senhor – e saiu pisando duro, não sem antes lhe lançar um olhar de desprezo.

Le Chevalier deixou o apartamento, sem saber muito bem como o receberia mais tarde.

Ao seu lado, e a despeito de ter dormido as últimas dezoito horas seguidas, Persa bocejava em alto e bom som, as mãos rechonchudas tamborilando em cima da soberba barriga e uma expressão insuspeita nas faces. Ele observava o relatório do Comissário com um olhar divertido.

— Nós também averiguamos o estranho caso da debandada dos japoneses – continuou Simonet. – Aparentemente, eles confundiram o drozde símio com um demônio ancestral, conhecido como *Sun Wukong*.

— Rá! Bestas infantis! Como podem confundir esse magnífico exemplar de um autômato pessoal com um macaco mitológico?

— Os japoneses são avessos à tecnologia dos drozdes e têm

pouca experiência com os autômatos em geral. E esse "macaco" é um dos mais poderosos e terríveis gênios que habitam o farto imaginário japonês, o que explicaria o temor pelo drozde símio.

— Mico, se me faz o favor – rosnou Persa, acariciando o primata de latão, que guinchou baixinho, protegido pelos braços volumosos do amo.

O Comissário Simonet piscou por duas vezes, mas, aparentemente, desistiu de fazer maiores comentários e retomou o seu relatório:

— O agente prussiano capturado não foi de muita ajuda. Ele diz fazer parte de uma milícia nacionalista chamada Irmãos pela Sagrada União Germânica.

— Irmãos pela Sagrada União Germânica? – repetiu Le Chevalier, divertido.

Simonet deu de ombros.

— É um monte de bobagens, certamente. Uma história fabricada, caso fossem capturados. De todo o modo, ele admitiu o roubo da arma inglesa, mas insiste que o artefato foi vendido para meliantes do Rio Sena.

— Uma meia verdade – comentou Le Chevalier. – A arma foi entregue para mercenários franceses, sem dúvida. A questão principal é *como* eles sabiam que o caso estava em nossas mãos. O ataque ocorreu logo após...

Ele parou, observando o Comissário corar. As orelhas de Simonet avermelharam como um tomate maduro, e o seu drozde toupeira se esgueirou para trás das suas pernas.

Repuxando o colarinho apertado, o Comissário admitiu:

— Temo que tenha havido um lapso na segurança – resmungou, com os olhos fixos nas próprias mãos. – Entenda, todas as mensagens enviadas pelo sistema pneumático tinham uma cópia feita por papel-carbono. A cópia era armazenada em nossos arquivos, mas o carbono era descartado.

— Ah!

A exclamação do Cavaleiro ficou flutuando no ar, enquanto Persa apenas balançava a cabeça, lançando os olhos aos céus.

— O prussiano contou que eles conseguiam recuperar parte das informações dos papeis-carbono – continuou Simonet, em um tom de voz baixo. – Eu... bem, eu enviei uma mensagem para o nosso setor de comunicações no dia anterior, com instruções para que você fosse convocado na manhã seguinte. Aparentemente, eles prepararam a mensagem e o carbono foi descartado com o resto do lixo.

— Adorável – comentou Le Chevalier.

— Nós já modificamos os procedimentos, é claro! – apressou-se a dizer Simonet, em tom mais profissional. – Todo o carbono utilizado agora será incinerado em nossas caldeiras. Isso não deve se repetir.

Pigarreando rapidamente, ele trocou de assunto:

— E apesar de nossos esforços com os prisioneiros japoneses e o agente prussiano capturado, não conseguimos nada que incriminasse o Conde Dempewolf.

Persa grunhiu.

— Muito me espantaria se conseguisse algo – comentou Le Chevalier, bebericando do café. – O arroz importado...

— Estava aqui. Foi repassado para o S.M.S Kronprinz. Nossos agentes alfandegários conferiram a operação. Não havia um só quilo faltando.

— O álibi perfeito – comentou Valois, recebendo um aceno positivo de Le Chevalier.

— Então, tudo isso não serviu para nada?! – exclamou Persa, indignado. – O desgraçado do Conde vai escapar por entre nossos dedos?

O Comissário Simonet repuxou novamente o colarinho, mas foi Le Chevalier quem respondeu.

— Não foi uma perda total, *mon ami*. O Conde queria desacreditar a França, o que diminuiria o seu poder de influência nos estados germânicos do sul. Seus planos foram por água abaixo. Além disso, e a despeito da diplomacia oficial, o Conde e seus agentes sabem que nós não ignoramos a autoria do atentado.

— E você acha que aquele pulguento vai se importar com isso?

Le Chevalier encarou o colega com sagacidade:

— Conhecer até onde o inimigo está disposto a sacrificar é parte essencial de nosso trabalho, Persa. Eles passaram seis meses concebendo este plano, que ruiu como um castelo de cartas. Ficaria muito espantado se eles tentassem algo tão arrebatador em um futuro próximo.

Persa bufou:

— Espero que esteja com a razão – disse, agarrando os próprios braços. – Estou precisando de férias.

— É bom que tenha tocado neste assunto – interrompeu o Major Valois, remexendo em seus papéis. O seu gavião drozde abandonou o busto da prateleira e voou até a cadeira de espaldar alto do cavaleiro, encarando o corvo com ferocidade.

— A sua suspensão foi cancelada, obviamente. O supervisor Desjardins teve que se explicar com o General Armand. Posso lhe garantir uma coisa: o nosso comandante não estava feliz – comentou, com um meio-sorriso.

— Ele foi afastado?

— Não – lamentou-se o Major, encarando Persa. – Mas acredito que nos deixará em paz por um tempo.

Le Chevalier deu de ombros. Não depositava muita confiança na suposição do Major.

— De qualquer modo, eu tenho outro caso para vocês – continuou Valois, entregando uma pasta escarlate para Le Chevalier. – Algo simples. Eu normalmente passaria isso para o *Conseil des Affaires Intérieures*[44], mas achei que vocês dois mereciam um descanso, por assim dizer.

---

44 - Conselho de Assuntos Internos.

— Um assassinato? – perguntou ele, franzindo o cenho enquanto examinava o relatório.

— É coisa simples, não tenho dúvidas – repetiu Valois, apressado. – Mas o homem acusado é sobrinho de um conhecido do Ministro do Interior e... Bem, vejam o que vocês podem fazer, sim?

Le Chevalier apenas assentiu antes de se pôr em pé.

Persa o seguiu, apesar do seu corpo protestar por deixar o descanso em tão pouco tempo.

— E então? – perguntou enquanto o Cavaleiro seguia pelo Bureau, com os olhos cravados no relatório dos *gendarmes*.

— Precisamos ver o local do crime. Vamos pegar a *locomotive*. Saltaremos junto à Biblioteca Imperial.

— Um assassinato na Biblioteca?! Em que mundo vivemos!

— O crime aconteceu na rua anterior, *mon ami* – comentou, em tom divertido. – Próximo à Fontaine Louvois.

— O segundo distrito! Pelos olhos vendados de Têmis, esses meliantes não poupam mais ninguém!

— A-hã... – resmungou, concentrado na leitura.

— É o que venho lhe dizendo. Este país está perdendo as rédeas do seu destino. Se não tomarmos cuidado, estaremos comendo enguias no café da manhã, como o seu amigo Basil!

— Com certeza...

— Um assassinato no coração cultural da Cidade das Luzes! Francamente!

— Um pouco absurdo, devo admitir.

— Não estamos seguros em lugar algum! Terrível! Abominável! Imagine nossos literatos deixando a magnífica biblioteca para trás, somente para serem atacados na... hã... onde aconteceu o ataque, mesmo?

— Rua Morgue, Persa. O assassinato ocorreu na Rua Morgue.

GALERIA

LE CHEVALIER

ESPIÃO SEM NOME

O Persa
Leal Legionário

JULIETTE
TALENTOSA PUNGUISTA

ALEXANDRA

DESTEMIDA ESPIÃ

Acrobata

Desprezível Assassino

DEMPEWOLF
DISSIMULADO DIPLOMATA

Saiba mais sobre

em
www.lechevalier.net

www.aveceditora.com.br